JN142964

コールセンターガール

増田一志

Stylenote

第1話

その人はいつも9時7分過ぎに電話を掛けてくる。

私がついうっかりしてその時間席を外していると、戻った時に新人の森さんが泣きそうな顔をして電話を指さした。

私はすぐにヘッドセットを掛けて席に着き、光っている保留ボタンを解除した。

「お客様、お待たせして大変申し訳ございません。横浜アイウェアお客様ご相談窓口担当の坂本でございます」

「よう、春代ちゃん。今朝はどうしたんだ? おしっこにでも行ってたのかい?」

「矢吹様でいらっしゃいますね、お電話有難うございます」

「そうだよ。徹さんって呼んでくれって言ったじゃないか」

「徹様失礼致しました」

「徹様じゃねえよ、徹さんだよ。今朝はどうしたんだよ。さっきの姉ちゃんは泣きそうに小便ちびりそうな声出してたぜ」

「済みません。実を言いますと朝のコーヒーを淹れていた時にこぼしてしまって、片づけるのに手間取って着席するのが遅れました」

「なんだぁ、勤務中にお客待たせてコーヒー淹れてんのかよ」

「申し訳ございません。徹さんにはつい本当のことを喋ってしまいました」

「そうかい、春代ちゃん。別にいいんだよ。俺達の仲じゃねえか。朝のコーヒーくらいゆっくり味わってくれよ」

「そうですか、じゃ失礼して一口飲ませて戴いて構いませんか?」

「構わねえ、構わねえ、じっくりやってくんな」

「有難うございます。では一口戴きます」

私はマグカップのコーヒーを一口味わった。

「どうでえ、朝のコーヒーは?」

「はい、おいしいです。徹さんのお蔭でリフレッシュさせて戴きました」

「そうかい、じゃ、俺も朝ビール戴くとすっかな」

電話口からぐびぐびという音が聞こえた。

「徹さん、それで何かご用件は?」

「なんだぁ、用事がなきゃ電話掛けちゃいけねえのかよ?」

「大変恐縮ですが、お客様ご相談窓口でございますから・・」

「じゃ、おめえ、この前の落とし前はどうしてくれたんだよ」

「この前のと言いますと、お客様のメガネを当社の店員が素手で触ったという件でございますか？」

「あったりめえだよ。俺のカルチエをどうして素手で触るんだよ」

「お客様、ご説明させて戴いた通り、メガネはデリケートなものでございますから、手袋をしてよりも素手で扱ったほうが正しく調整できることがございます。お客様にお返しする際には、超音波で念入りに洗浄してお渡し致しますので、一旦素手で扱うことはご容赦をお願い致します」

「お客様じゃねえよ、徹さんって呼べって言っただろう」

「はい、徹さん、失礼しました」

「なぁ、春代ちゃん、メガネは顔だって言うだろう。俺の大切なカルチエをべとべとした手で扱われるとな、その手で自分のつら撫でまわされてるみたいで気分悪りぃんだよ」

と、ここでまたごくごくと喉を鳴らす音が聞こえた。

「はあ、」

「はあ、じゃねえよ。おまえさんだってそういう時があるだろう」

「・・・ええ、徹さん、そういえば以前夏の暑い日に私の携帯を脂ぎった私の上司に貸してあげたら、通話が終わって返された時に画面を袖でちょっと拭いてくれたけれど、げっ、て感じで、後でウェットティッシュで丁寧に拭きなおしました」

「そうだろう、分かってんじゃねえか」

「お客様の大切なメガネの扱いがお気に触ったことに関してはお詫び申し上げます」

「で、それでどういう誠意をお前さんたちは見せてくれるんだ」

「誠意といいますと・・・」

「とぼけんじゃねえよ、そんなもん、お前らが自分で考えろよ。それがお客様係の仕事だろうが」

「徹さん、私共の不勉強で大変申し訳ございませんが、具体的にご提示戴けませんと対処のしようがございませんが・・」


具体的に、具体的に金品を要求させるのだ。そうすれば暴対法の対象として処理することが出来る。


「春代ちゃん、お前俺をなめとんのか? 俺はなぁ、お前らが自主的に納得出来る誠意を見せるまで何度でも何度でも電話するぞ」

「ええ、それはもう重々存じ上げておりますが」

ここで私も開き直ってコーヒーをもう一口飲んだ。

「そうかい、じゃ、また世間話といこうや」

　ここから徹さんは本当に世間話をし始める。

昨日はどこそこに行ったとか、何を食べたとか、延々と。

やくざ言葉で乱暴な徹さんだけど、一つとても感心させられることがある。

それは私が喋った結構些細なことでも、しっかり覚えておいてくれることだ。

「春代ちゃんはあすこの大福が美味いって言ってたよな」

とか、私自身ですら忘れていたことまで思い出させてくれる。

大体それはお昼まで続く。お昼頃になると、

「おっ、もう昼飯時か。俺も腹減ったからこのくらいにしといたる。お前ら俺の納得出来る誠意の現わし方良く勉強しとけよ！」

とか言って電話を切る。

当然上司には随分前から相談している。

「坂本さん、悪いけどそういった反社会的勢力の人の要求は受けられないから。一度受けると更に要求がエスカレートするし」

「じゃあどう対処すればいいんですか？　営業妨害とかで訴えればいいんですか？」

「いや、そんなもめ事も起こしたくない。なんとか相手してやってくれれば・・」

「毎日半日もあの人との応対だけで潰れるんですよ」

「うーん、まあそのうち向こうも諦めるだろうから・・」

「そんな・・」

「最近は暴対法とかも強化されてるし、電話も録音されてるから、向こうもあまり乱暴なことは言ってこないと思うし」

「分かりました。本当にいつも半日相手してればいいんですね」

「悪いけど、お願いしますよ、恩にきますよ、坂本さん」

上司は本当に済まなそうな顔をして、私に手を合わせた。

私は別に悪い気はしなかった。だって徹さんは言葉遣いは汚いけれどそんなに悪い人には思えなかったからだ。

それに電話応対した後は一件別に面倒なレポートを書かなければいけないのだが、午前中は一本書くだけで済むので楽だった。周りの人からも「徹さん担当」の私がいることが心強いらしくて、拝むほど頼りにされていることは少し心地良かった。

実際私が休暇を取ると言いだすと周囲が騒然となるのだ。

9時7分30秒くらいに電話が鳴ると皆は一斉に手を引っ込めて、私が受話器を取るのを待った。

「おはようございます。横浜アイウェアお客様ご相談窓口担当坂本が承ります」

「おはよう春代ちゃん」

「徹さん、お早うございます。いつもお電話有難うございます」

受話器から苦笑が聞こえた。

「いつも有難うございますって、そりゃ皮肉かよ」

「いえ、お電話でもご来店戴いているのと同じですから」

「そうかい、じゃ、そういうことにしておこうか」

「本日はどのようなご用件でいらっしゃいますか？」

「もう分かってるんだろう」

「ではまず先日の失礼をお詫びさせて戴きます。その方面のお話しは割愛させて戴くこととして、世間話のほうに進めさせて戴いて宜しいでしょうか？」

「なんでえ、そのカツアイってのは？　俺からカツアゲでもしようってか？」

「失礼しました。スキップさせて戴くという意味でございます」

「何が『意味でございます』だ。小難しい言い方しやがって。あんたは大学出なのか？」

「申し訳ありませんが、そのようなご質問にはお答えしかねます」

「おい、そうつんけんすんなよ、春代ちゃん。今日は俺は機嫌がいいんだよ。万馬券が当たったんでよ」

「左様でございましたか、おめでとうございます」

「それでおまえさんは大学卒なんだろう？」

「いいえ」

「嘘つくんじゃねえよ。なあ春代ちゃん、おまえさんとはもう十回以上は話したよなぁ。最近じゃ俺んとこの会社にも大学出てから入ってくる馬鹿がいるんだが、あんたのほうがずっと賢いぞ。俺は人を見る目はあるんだ。目っちゅか耳がな」

「お褒め戴いて有難うございます。では大学出ということにさせて戴きます」

「前橋大だってなぁ。りっぱな大学だ」

私ははっとした。受話器を持つ手が震えた。

「どなたかとお間違えではないですか？」

「いや、春代ちゃん、あんたの会社にはさ、あんたみたいに度胸の据わった女性だけじゃなくってさ、俺からの電話を取ると、俺との会話を早く止めるためには、自分に火の粉の掛からないような質問には何にでも答えてくれる奴もいるんだよ。そいつが言ってたよ、あんたは国立大卒の才女だって」

「・・・・」

「心配すんなよ、春代ちゃん。俺はただいつもお話をしているあんたがどんな人だか、もっと良く知りたかっただけさ。だってそうだろう、同じ世間話するにも、多少相手がどんな人だか分かんねえと、話題を選ぶにも困るってもんさ」

「私のことはそれくらいにして、世間話をしませんか?」

もう私が誰だか知られたのだ、最初から本名を名乗っているのだからそれは仕方ない。誰が私のことを言ったのだろう。


「・・・・、そいでさ、その場外馬券売り場で、うっかりボタンを押し間違えて買ったのが万馬券になっちまったのさ。五十万だぜ。
・・・おい春代ちゃん、聞いてんのか?」
「・・えっ、ええ、徹さん。おめでとうございます」

誰だろう、誰が私のことを喋ったのだろう?

他にどんなことをこの「やの字」のおじさんに告げたんだろう?

「春代ちゃんだったら、万馬券当たったら何がしたい?」

「そっ、そうですね。わたしなら・・、まあまず貯金ですね」

「そうか・・、お子さんが大きいと大変だよなぁ」

誰だろう、誰がそんなことを教えたんだろう？

「あんたバツイチで、女手一つで子供を大学にやったんだってなぁ、えらい、えらい」

「・・・ええ、ですから堅実に生きています」

「でもさ、何か欲しいものがあるだろう？　俺が贈ってやるよ。リクエストしてごらん」

「い、いいえ、結構です。お気持ちだけ戴いておきます。お客様からそのようなものは受け取れません」

「いいから、いいから、どうせあぶく銭なんだから。自宅に直接送れば分からないだろう？」

自宅に直接？

「それとも俺と何か美味いもんでも食いにいくかい？」

「いいえ、それも遠慮させて戴きます」

「そうか、そりゃ俺とじゃやだよなぁ」

「徹さんがどんな方かは存じ上げませんが、お客様とそういうことは・・・」

「分かったよ。あんまり春代ちゃんを口説いて困らせても嫌われるってもんだ。だから何も贈らないよ。でもさ、単なるお話として聞かせてくれよ。あんた50万円急に手に入ったら、貯金以外に何を買いたいと思う?」

「・・・そうですね、そういえばこの前ちょっと欲しいと思って手が出なかったものがあります」

誰だろう・・・誰が私のどんなことを話したんだろう?

ひどい、ひどいよ、私にこんな役を押しつけといて個人情報までばらすなんて!


「・・・・、おい春代ちゃん、それは何だって聞いてんだよ!」

「えっ、済みません、徹さん。・・プラチナローラーって知ってます?」

「なんでえ、それは?」

「顔にね、ころころって転がすローラーなの。気持ちいいんです。

二の腕とかにも転がすと、血行が良くなって細くなるの。顔も小顔になるんです」

「ふーん。なんでぇ、そいつは、蕎麦の麺棒みてえなもんか?」

「それを短くして、金属で出来ていて、Yの字になっていて、Yの字の先の別れたところが糸車みたいなローラーになっていて、ころころ回るんです」

「想像がつかねえ」

「男の人には要らないもんですからねえ。

もう随分前に流行って、今じゃ流行遅れなんでしょうけど、私は今頃そんなものが欲しくなったんです」

「それはプラチナで出来てんのか？」

「いや全部プラチナだったらとっても高いでしょうけど、多分ローラーのところにプラチナがメッキしてあって、イオン効果か何かがあるんだと思います」

「それって幾らくらいするんだ？」

「さあ、高いものから安いものまで沢山あるんですが、高いもので3万円くらいかなぁ。安いもので1万円弱かしら。とにかく私には手が出ませんでした」

「ふーん」

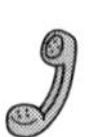

その晩家に帰ると、食卓に宅急便の包みが置いてあった。

「ねえ、お母さん、これどうしたの？」

「ええ？　確か夕方頃とどいたよ」

食事を準備してくれていた母が答えた。

私は送り状だけで中身を見ず、すぐに宅急便の会社に電話を掛けた。

「おはようございます。横浜アイウェアお客様ご相談窓口担当坂本が承ります」

「おお、春代ちゃんよお、俺の心づくしのプレゼント突っ返してくれるたぁ、どおゆう了見だよ」

「矢吹様、いつもお電話ありがとうございます」

私は自分で言いながら一瞬吹き出しそうになった。

「俺のプレゼントを送り返すってえのは、どおゆう了見だって聞いてんだよ！　それに俺は徹さんだぁ！」

「徹さん、申し訳ありませんがお話が良く見えませんが」

「なんだぁ、おめえ。おめえが手が出ねえで我慢したっつうから、俺が贈ったったんだろうがぁ?」

「えっ、それはどちらにお送りになられたんですか?」

「春代ちゃんの自宅にだよ、分かってんだろう」

「いつごろですか?」

「午後4時には届くって言ってたぞ」

「さぁ、存じ上げませんが」

「・・・」

「やはりどなたかとお間違えになられているのでは?」

「春代ちゃん、いい度胸だよ、やっぱ気に入ったよ」

「じゃあ、この件はお忘れになって戴いて世間話にしましょうか?」

「春代ちゃん、お前さん俺の歳は幾つくらいだと思う?」

「えっ、徹さんのことですか?徹さんは私より少し上の方だと思いますが」

「どうしてだよ」

「だって、矢吹ジョーと力石徹の組み合わせでしょう?」

「なんだぁ、俺の名前が本名じゃねえっつぅのかぁ」

「本名なんですか?」

「いや、違うけどよ。芸名だよ、げーめー。通り名っつうやつだ」

「恰好いいですね」

「おちょくっとんのか、お前は。確かに俺は巨人の星世代だ。

この前よ、若い連中に子供の頃に好きだった野球漫画を挙げてみろっつったら、『タッチ』だって言いやがるんでぶん殴ってやった。あれのどこが野球漫画だ」

「後輩の方可哀そうですね」

「春代ちゃんは巨人の星知っとんのか?」

「ええ、良く知ってますよ。私の中学の同級生なんか、毎日夕方になると部活を一旦引き上げて家に再放送見に帰ってましたもん」

「毎日わざわざ家まで一度帰るんか」

「ええ、噂ではあれを見ると泣くんで家に帰って見てたみたいです」

「他には何見てた？」

「そうねぇ、サリーちゃんとか」

「ひょうたん島は？」

「ライブでは見ていませんね。ネコジャラ市の十一人とか新八犬伝を見てました」

「ちろりん村は？」

「それはだいぶ前の世代ですよね」

「サリーちゃんに出てくるよっちゃんのお父さんの職業覚えてるか」

「えっと、タクシーの運転手」

「じゃ、伴宙太の物真似やってみい」

「えっと、

『ぼしぃい、ぼしよぉおおー！』ってこんなもんでしょうか」

脇の同僚が呆気にとられて私のほうを見た。

「ぐわっはっはっは！　よおし、今日はこのくらいにしといたる」

徹さんはことのほか上機嫌で電話を切ったが、私には周囲の視線が集まっていた。

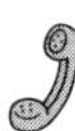

お昼にお弁当を食べながら、隣の席の深谷さんが私に言った。

「ねえ、春代さんって、よくあの人とずっと会話出来ますね」

「あの人って徹さんのことでしょ。平気だよ私。結構面白いし」

「えっ、あの人徹さんっていうんですか？　面白くないですよ！

この前春代さんがお休みした時、朝一番にくじ引きをして私が出たんですよ。そうしたら確かに大した話じゃなかったかもしれないけれど、もうなんか名前呼ばれただけで怖くて怖くて、この人なんで私の下の名前を知ってるんだろうって思ったら、もう震えと涙が込み上げてきて、私三分くらいでわんわん泣き出しちゃって、相手の方から呆れて切っちゃったんです。私その後一時間くらい電話に出られなかったです。

春代さん、今度休む時は私にも先に教えて下さいね。私も絶対休みますから」

深谷さんはそう言いながら、汗ばんだ震える手で私の手を握った。彼女の目には涙が浮かんでいた。

話す前はにこにこしながらお弁当食べてたのに、思い出すだけでこんなになるのかなぁと不思議に思った。私が鈍いんだろうか？


今日は仕事を早く引き上げて高校の同級生に会うことになっていた。

2カ月程前に、経済新聞を見て驚いた。今いち証券という中堅どころの証券会社の社長に高校の同級生が就任していたのだ。

真藤君という元気のいい子で、学園祭ではプロレス研究会でブッチャー役となり、イノキ役の相棒と一緒に皆を沸かせていた。

今は大社長様なのだから「元気のいい子」なんて言ったら怒られてしまうかもしれない。順調に偉くなっているとは聞いていたけれど、まさか社長になるなんて。

フェイスブックで連絡を取り、「おめでとう」って伝えたら、会いたいと連絡してきた。

高校時代、真藤君が何となく私にお熱を上げていたことは知っていた。

でもまあ、今の私を見たらがっかりしてしまうかも。

歳を取って箔が付いていく男はいいなぁと思う。でもちょっとうきうきしている。

会社の前まで専用車で迎えにくるというので、それだけは断って、ちょっと離れた交差点の手前で待ち合わせた。

時間の頃に場所に向かう私の横を黒塗りのベンツがするすると並走すると、運転手が窓を下げ、「坂本様でいらっしゃいますね」と声を掛けた。

「はい」

車はそこで停車し、運転手の方がそそくさと降りてきて後部のドアを開けた。

「真藤は前の面会が多少長引いておりまして、先に坂本様をお連れするようにとの連絡がございました。これから真藤を拾いに行き、そのままご夕食のレストランにお連れ致します。私は林と申します」

「そうですか、林さん、ご丁寧に。宜しくお願いします」

車は20分程走って、都内の大きなビルの前に停車すると、ほどなく正面玄関から2・3人に見送られて真藤君が出て来た。

久しぶりに見る彼は頭が少し薄くなっているものの、昔から少しぽっちゃりしていたから、体形的にはそれほどの違いは無かった。

でも彼が笑顔で車に乗り込んでくると、昔には感じなかった分厚いオーラのようなものに触れた気がした。

「堀口さん、お久しぶり」

「真藤君、ご立派になられて」

確かに彼の顔つきも変わっていた。証券会社の社長なんてもっと脂ぎって胡散臭くなっているのかと思ったら、どちらかと言うと哲学者風の思慮深げな目つきになっていることに感心した。

真藤君が連れてきてくれたレストランはさすがに素敵だった。

「真藤君、いつもこんなところで食事してるの?」

「まさか、でも一応会社の代表ですからね、ちょっといいところくらいは知ってますよ」

「すごーぉい」

私達は豪華な内装の個室に通された。椅子の座り心地が素晴らしい。

私はちょっと舞い上がってしまって、普段はあまり飲めないのに高級ワインを赤も白も戴いてしまい、何を喋っていたのかも良く覚えていない。とにかく昔の話で盛り上がった。

気が付くと真藤君も真っ赤になって結構酔っている感じだった。

「いやー、楽しいなぁ。いつもの食事とは大違いですよ」

「そうなの?」

「仕事関係の人とはね、何を食べても美味くないですよ」

「ふーん、真藤君って見かけによらず繊細なんだ。だから社長になれたのよね」

「いや、そんなことはない。たまたまですよ、たまたま」

こんな私にも敬語を崩さない真藤君は偉いと思った。

「いやー、今日は本当に気持ちがいいんで、ちょっと酔っちゃいましたよ」

「本当、私も」

「憧れの堀口さんと一緒だとどぎまぎしちゃって」

「お世辞でも嬉しいわ」

昼間に「ぼしよぉぉおー!」をやっていた私を見せられないと思った。そう思うと思わず笑いが漏れてしまった。

「あれ、なんか思い出し笑いですか?」

「ええ、そうなんです」

私は酔っていたせいか、笑いが止まらなくなってきて、くくくっ、といつまでも笑っていると、デザートのスフレが運ばれてきた。

スフレにはブランデーのようなお酒がたっぷり掛けられて火を点けられた。

「うわぁー」

炎を眺めていると、私はなんだかうっとりしてしまった。

「今日は何だか夢みたい」

「そうですか、お気に入って戴ければ嬉しいです」

しかしそのスフレを大体食べ終わる頃に、私は急に気が遠くなり始めた。もともとあまり飲めなかったのに、冷えたワインが回ってきて、それにスフレのアルコールがとどめを刺したのだ。

「堀口さん、ほりぐちさん」

真藤君に呼びかけられていることは分かっていた。

でも起きられない。

私は両手で顔を覆って、暫く血の気の戻るのを待った。

でもすぐには戻らない。貧血になったように周囲が金色に光って見える。

その状態でどのくらいいたのか分からない。

何かいろいろ話しかけられてやり取りしたのだが覚えていない。

暫くすると真藤君が私の腕を取って立ち上がらせてくれた。

外に出ると風が涼しかった。

黒塗りの車が出迎えていた。

でもその車に乗ると、どうも来た時の車とは違うような気がした。

車の中で私は真藤君の肩にずっと寄りかかっていた。

ん、
気が付くと私はホテルのスウィートルームのベッドに横になっており、真藤君が寄り添って座っていた。

「さあ、お水を飲んで」

真藤君がグラスに注いだ水を飲ませてくれた。

水のいくらかは私の唇から外に漏れて流れ出た。彼がそれを拭いた。

「ああ、」

私はまたベッドに横になった。

眠くて力が入らない。腕で目を覆った。

また薄眼を開けると、真藤君がお水を飲ませてくれた。

「ううん、」

私が本能的にボレロを脱ぐと、真藤君が受けとってくれた。

多分彼はそれをどこかに掛けにいったのだろう、少しして彼はまた戻ってきた。

彼は私の冷たくなった肩を擦るように温めてくれていた。

私は横になっているというよりは、彼に寄りかかっていた。

暫くすると少し頭に血の気が戻ってきて、私は薄目を開けて真藤君を眺めた。

すると真藤君が急に私の唇を奪いにきたのだ。

「ん、ん、んんん」

私に抵抗する気力は無かった。

暫くなすがままになっていて、彼の手で私の胸を撫でまわされて、
気が付くと彼が唇を外して、私のワンピースの背中のファスナーを降ろそうとした時、私は目を開けて、彼の胸に手を当てて
「だめ、」と言った。

彼はそれを聞かずに、またどんどん迫ってきて、私を抱きしめて背中のファスナーを降ろそうとする。

ありゃりゃ、大変なことになってきちゃった。

頭がくらくらして、ずきずき痛むから、ひどく抵抗する気も起こらない。面倒だからいっそ身を委ねようかとも一瞬頭をかすめたが、吐き気がしてきて、とてもそんな気にはなれない。夢かしら、これ。

その時、ふとドアがノックされた。

真藤君は一度振り向いたが、無視してまた私にいどみかかろうとすると、ドアのノックはますます激しくなった。そこで真藤君は一旦私から離れて、ドアのほうに歩いていった。

私も背中が開きかけのワンピースの前を押さえて、何事かと寝室のドアの隙間から入り口のドアを眺めた。ノック音だけでなく、何かピーピーピーする音も聞こえる。

真藤君がドアに向かって、

「何事ですか?」と言うと、

「緊急事態です、ドアを開けて下さい」と外から声がする。

彼がドアロックを外してドアを開けると、いきなり彼は後ろにすっ飛んで私の傍までころがってきた。

「わりゃ、何やっとんじゃい!」

真藤君は殴られた鼻を押さえて膝立ちになった。

「やめてーーー!」

侵入者が真藤君を更に襲おうとした時、私は叫んで、侵入者に背中を向けて真藤君をかばった。真藤君はそんな私をかばってまたくるりとドアに背を向けた。

私には見えていなかったが、どうも侵入者はそれで去って行ったらしい。

「今のは一体何だったんだ?」

真藤君がスウィートのカウチに座って上を向いて鼻を押さえていると、私はバスルームからタオルに水を浸して鼻血を拭いてあげた。

「誰なんだ、さっきのは?　堀口さん心当たりがあるかい?」

「いいえ、全然」

本当はちょっとあるのだが、そうしらっと答えた。

「大丈夫?」

「ああ、別に骨は折れていないみたいだ」

彼は少し起き上がって自分でタオルで鼻を押さえた。タオルが結構赤く染まっている。

「あなたには心当たりはないの?」

「無い、全然無い」

首を振った真藤君は、改めて私の顔をじっくりと眺めた。

「えっ・・・何、私が美人局だとでも言いたいの?」

「いや、そんなことは・・」

「あのねえ、ツツモタセってのは若くてぴちぴちして峰不二子みたいなのがなるの。あたしみたいなおばさんがなる訳ないでしょう」

真藤君は同意の相槌も打てずに、口を横一文字に広げた。

「ただ、あいつは君を守りに来たようにも見えた」

今度は私が横一文字の口をした。

「それに君は今でも充分魅力的だよ」


「で、私には他に何か言ってくれることはないの?」

「・・ああ、有難う、それから済まない、失礼しました。それから怖い思いもさせて申し訳ありません」

彼はうなだれた。

「私も弱いのに調子にのって飲みすぎて申し訳ありません」

私もぺこりと頭を下げた。

「僕はちょっと堀口さんを誤解していたんだ・・」

「誤解って、どう誤解したの？」

「いや、あれは・・演技じゃないかって」

「演技って、ああ、私が酔っぱらってたのが演技って？」

「う、うん」

真藤君は申し訳なさそうに頷いた。

「あなたに抱かれたいから、酔っぱらった振りしてしなだれかかってたって？」

「君が服まで脱ぎだしたもんで・・てっきり・・」

「あらまあ、」

私は気が付いて真藤君が掛けてくれていたボレロを羽織りにいった。

「このファスナーを上げてくれない」

「ああ、」

一瞬また下げ降ろされはしないかと不安がよぎったが、彼は紳士的にそれをきっちり上まで上げた。

「いやいや、男の子ってやつは・・」

都合のいいように解釈したくなるのは分かるけど。そういう楽観主義に突っ走っちゃうところが彼を社長にしたのかな？

なんかそういう歌もあったわよねぇ。♪もしかしてだけど〜、だったっけか。


「でも本当に大丈夫？　さっきの人かたぎじゃない感じだった」

「ああ、なんとかする。君にも迷惑が掛からないように」

「警察かホテルの人を呼ぶ？」

「いや、特に騒ぎにはしたくないな。ホテルには文句があるけど」

「じゃあ、私はこれで帰るわね。一気に酔いが醒めて気分も良くなったし。

今日はご馳走様。素敵なディナーだった」

「ちょっと待ってくれ、車を呼ぶから」

「大丈夫よ、駅も見えてるし」

窓から見える駅の灯を指さして、私はハンドバッグを肩に担いだ。

「いや、もう遅いし、車で君を家まで送らせるよ」

「あなたは？」

「ここに泊まって頭を冷やす」

「それがいいかも」

「お電話有難うございます。横浜アイウェアお客様ご相談窓口担当坂本が承ります」

「なんだ春代ちゃん、今日はえらく声が暗いじゃねえか」

「徹さん、理由分かってらっしゃるでしょう?」

「何だ、理由って?　もしかしてあの日か?」

ぶっ、・・このおやじ。

「違いますよ、昨日のことですよ」

「昨日のことって何だあ?　ひょっとしてあのプレゼントもう一度送りなおさなかったってのが気に入らねえってか?」

「違います。何とぼけてんですか?」

「なんだと、この俺にいいがかりつけんのかよ。ほんとに身に覚えねえぞ!　一体何にいんねんつけてんのかはっきり言ってみろ!」

「じゃ、もういいです」

本当に違うのかもしれない。それにここまでとぼけてるんなら、ずっとすっとぼけ続けるだろうし。

「良くねえよ。おら、言ってみろ！」

どうしよう・・言うべきか、言わないべきか・・。

「・・・私の友達のことですよ」

「なんだよ、そいつがどうした？」

「私と一緒の時に、いきなり殴られたんです」

「なに・・？」

「いきなり殴られて、３メートルくらい転がって、鼻血どばって」

「じゃ、そいつは男友達なのか？」

「私の昔の同級生です」

「道端でいきなり殴られたんか？」

「道端じゃないです」

「じゃ、どこで殴られた？」

「・・・言いたくないです」

「・・男と言いたくないような場所にいたんか？」

いい突っ込みをするなぁ、このオヤジ。

「私だって女だからたまには男と言いたくない場所にもいますよ」

「なんだ、ラブホで男がぶん殴られたのか？」

「ラブホじゃないです！」

周囲の視線が私に刺さった。まあいいか、徹さんとの会話だし。

「そいつとはどういう関係なんだ」

「別に、久しぶりに再会しただけですよ」

「久しぶりに再会した男といきなりラブホに行ったんか？」

「だから、ラブホじゃないって！」

もう皆興味深々で私の話に耳を傾けている。

私が周囲を見渡すと、皆は急にしらっと横を向いた。

「・・・ラブホじゃありません」

私は声を潜めた。

「それで、なんでそいつは殴られた？」

もういいか、どうせ知ってんなら同じだし。

「酔った私をホテルで介抱していたら、ドアがノックされて、開けたらいきなり友達が殴られたんです」

「・・・そいつ本当に介抱してたのか？」

「・・・ちょっと迫られもしました」

思わずそう言ってしまったのは女のプライドだろうか？

「そいつ何もんなんだ」

「言いたくありません」

「どうして？」

「だって徹さんになんて教えたら迷惑掛かるもん」

徹さんは苦笑した。

「ま、そりゃそうだ」


「で、春代ちゃんは殴ったのは俺だと思ってるんだ」

「違うんですか？」

「俺じゃない。俺はそんなことしてるほど暇じゃない」

「暇じゃないって、徹さん毎朝私と半日も暇つぶしてるじゃありませんか」

「春代ちゃんが男とホテル行くって前から分かってたら見物しに行ったかもしれねえけど、俺達は日が暮れてからが忙しいんだよ。やのつく男は夜行性ってな」

「うまいこと言いますね」

「・・誰だそいつ。場合によっては力になってやれねえでもねえぞ」

「いいです。猫にまたたびみたいにしかならないから」

「俺はな、こう見えても企業舎弟には顔が利くんだ。それに春代ちゃん関連は俺のシマだからな。他の会社の営業妨害は許さねえよ」

「分かりました。まあただ殴られただけでそれで終わりなら、いいんだけど・・・」

「俺様の予想じゃそれじゃ済みそうにねえな」

徹さんの予想は的中した。

私はその次の日に真藤君の会社の弁護士という人から呼び出しを受けたのだ。

「坂本さん、本日はご足労戴き有難うございます。私は顧問弁護士の前田と申します」

「あの、真藤君、いや真藤さんは？」

「相済みません、社長は本日はご同席されません」

「そうですか、いえ、お忙しいでしょうから当然ですよね」

「実は、社長にある反社会的組織からの脅迫がありましてね。社長がお悩みなんです」

「私が現場にいた件のことですよね」

「ええ、そうです。写真が一枚送られてきました」

私が背中のファスナーが開いた格好で、真藤君を抱いているように見える。

「このお写真について身に覚えがおありですか？」

「真藤さんが暴漢に襲われた直後の写真です。彼がノックされたドアを開けた途端に殴られて、後ろに3メートルくらい転がって、その男がまだ襲ってきそうだったから、私が覆いかぶさって守ろうとしたんです」

「そこを写真に撮られたんですね」

「そのようですね。写真撮ってたなんて気づきませんでしたが」

「失礼ですが、坂本さんのお洋服のお背中が開いているのは？」

「・・・・真藤さんが開けてくれたのだと思います」

「社長によると、坂本さんが泥酔していらして、介抱するために横についていらしただけとお聞きしていますが」

「彼がそう言ったんなら、そうなんでしょうね」

「いや、私は事実を把握したいんです」

ええ、彼は私に無理やりキスしてきて、舌を入れて、おっぱいを揉みしだいて、スカート捲りあげて下半身も撫でさすった後、背中のファスナーを下げに来たんですよ。

「私は酔っていたのであまり良く覚えていないんです。背中のファスナーは多分彼が私を楽にしてくれるために少し下げたんだと思います。それが動いたのでずっと開いちゃったのかな？」

「でも坂本さんは、暴漢が入って来たときは起きていらしたんですよね」

「ええ、かなり激しくノックされたので、私も何事かと思って、寝室のドアの陰から入り口の様子を見ていたんです」

「それから？」

「ドアが開いた途端、真藤さんがこっちに転がってきて、彼が鼻を押さえて立ち上がろうとした時に、また殴りに来そうだったから、私があわてて庇いに行ったんです」

「あなたが？　随分勇敢ですね」

「いえ、ただ無我夢中の反応でした」

「あなたは出て行かれなくても良かったんじゃないですか？」

はっ？

「・・・ええ、まあ却って危険だったかもしれません」

「怖くなかったんですか?」

「うーーん、なんか自分の息子を助けたいみたいな、そんな感じで反射的に動きました。真藤さんはダメージを受けていて、次叩かれたら殺されちゃう、みたいな」

「なるほど・・」

と言ったが、前田弁護士は「なるほど」という顔はしていなかった。


「本当にお背中のファスナーは動いた時に下がったんですか?」

いいえ、社長があそこまで下げたんです。嘘ついてごめんなさい。

「私はかなり酔っていたので、どこまで下がっていたのかはあまり覚えていません。今写真をみてびっくりしました」

「そこまで酔っていて、服もはだけていて、社長を暴漢から救えると思いました?」

そこまで聞いて私はぶちっと切れた。

「なんですか、それじゃあ私があの写真に映るためにわざと背中のファスナーを降ろして、出て来たって言いたいんですか?

あの暴漢とぐるだと!」

「そっ、そうは言っておりません。ご理解下さい。私達弁護士は依頼人を守るのが仕事なんです。

あらゆる可能性も考慮に入れないと」

だから私がぐるじゃないかと確認してるってことだろう！

「失礼します。真藤クンに言っておいて下さい。私は次に聞かれたら本当のことを話しますよって」

「あっ、あなたは私達を脅迫なさるんですか？」

「何ですって？」

「だって今のは脅迫でしょう？　あなたは今まで本当のことを話していなかったんですか？」

「失礼します！」

私はドアをばーんと閉めてその場を立ち去った。

その晩、真藤君から電話があった。
「堀口さん、済みません。うちの弁護士が随分と失礼なことを言ったようで」
「真藤君、あなたも私がわざと写真に映るためにあの場に出て来たと思ってるの？」
「まさか、僕はあなたの勇気に感動しました」

「あの弁護士に、あなたが、わたしに、本当は何をしたか、あなたの口から、きちんと、包み隠さずに、伝えておいて下さいね」

「承知致しました」


翌朝も私の腹の虫は治まらなかった。

「横浜アイウェアお客様ご相談窓口担当坂本が承ります」

「おい、春代ちゃん、『いつも有難うございます』はどうしたい」

「ありません」

「どうしたい。えらく不機嫌じゃねえか」

「あの日でもありません」

「今いち証券、真藤社長、だろ?」

「! ど、どうして分かったの?」

「じゃ、やっぱりそうだったんだ」

やば、自分から認めちゃった。ええい、もうどうでもいいや。

「どうして分かったんですか?」

「蛇の道は蛇ってな。言ったろう、俺は企業舎弟に強いって。昨日今日聞こえてきた裏のビッグニュースを調べたらそれらしいのがあったのさ」

「じゃ、やっぱりあなたの仕業だったの?」

「違うよ、よその会社のだ。だけどよその会社にも俺には色々最新情報を入れてくれる奴がいるんだよ」

「徹さんって、意外と大物だったんですね」

「うるせえよ。ところで、あいつ何で社長になれたか知ってるか?」

「有能でバイタリティがあるからじゃないんですか?」

「ちげぇーよ。創業者一族の娘婿になったからだ」

ああ、それで結構溜まってたのかな?

「でも苗字は変わってないですよ」

「とにかく嫁さんには頭が上がらねえんだ。そんな奴が春代ちゃんに手ぇ出して証拠掴まれちゃ大変だわな」

「手ぇ出したことにはなってないですよ」

「ああ、お前さんがそれを自分で口に出してなければな」

はぁ?

「どういうこと?」

「なあ、春代ちゃん、『お客様対応の品質向上のために』あんたらは電話の会話を記録してるらしいけど、俺らもなぁ、お得意様になりそうな人との会話は全部録音してるんだよ」

「ええ?」

「昨日あんた認めたろう、『ちょっと迫られもしました』ってよ」

「ちょ、ちょっと待って下さいよ」

「ああ待つよ、あの会社の弁護士が、証拠写真を全面否定するのを。それでおいらの商売敵の調査は水の泡ってわけさ。で、その後でおいらが動かぬ証拠を持って行けば、その倍の値段でお買い上げしてくれるだろうな」

「やめて、ねえちょっとやめて!」

私は周囲の注目を浴びないように声のトーンを落とした。

「どうして? お前そんなにあの真藤ってのが好きなのか?」

「・・・いや別に同級生ってだけでそれほどでもないけど」

「だったら別にどうだっていいだろう。元々奴の身から出た錆なんだし、ガードが甘いのもそいつ自身のせいなんだから」

「でも・・」

「でも、どうした?」

「でも、私のせいで彼がやっと掴み取った社長の座が失われるのは嫌なの。私のせいで知り合いが不幸になるのは嫌なの」

「だから、おめえのせいじゃないだろう」

「やだ、何となくやだ。ねえやめて、お願いだからやめて」

「だったらその替り何でも俺の言うことを聞くか？」

「・・・『何でも』じゃないけど、『出来るだけ努力』くらいならする。

私に何をさせようっていうの？」

「さあな、明日までに考えておくわ」

馬鹿なこと約束しちゃったなぁ、と後悔した。

どうでもいいじゃん、あんな奴。身を挺して守ってやったのに何よあれは！

特にあの弁護士野郎、最低！

何をさせられるんだろう。やっぱり「俺の女になれ」かな。

それは『出来るだけ努力』の範疇には入らないな。

いや、徹さんって会ってみたら凄い恰好いいかも。

でもいくら恰好よくてもやーさんの女にはなれないなぁ。


眠れない夜が過ぎて、出社して、私は9時7分からの電話が鳴るのに恐怖した。

「はい、もしもし、」

「もしもし、じゃねえだろう！　春代ちゃん」

「あ、お電話有難うございます。横浜アイウェアお客様ご相談窓口担当坂本が承ります」

「はい、じゃあ、うけたまわってもらおうかい」

「とりあえずお聞きします」

「簡単なことだよ・・・」

　東中野、美熟女バー「さざなみ」
終業後暫くここに勤めろというのだ。午後七時から十時のシフト。

そこに「初物食い」のオヤジが来るので、それを待てという。

まあ、確かに会社は五時半で終わるし、いつも十二時頃に寝るので時間的に出来ないことではない。

でも私はお酒が飲めない。ところが飲めなくてもいいという。

そもそも雇って貰えるかも不安だったが、従業員の入れ替わりが激しいので新人大歓迎だという。実際面接に入ったら即採用。今晩から入ってくれと頼まれたが、服があまりにも普段着なので明日からにして貰った。時給も相当にいいのでやって損は無い。

要するに「出来るだけ努力」の範疇に明らかに入っているので断ることが出来ない。


「お電話有難うございます。横浜アイウェアお客様ご相談窓口担当坂本が承ります」

「春代ちゃん、準備は出来たかい」

「徹さん、ご指令通り今夜から勤めることになりました」

「おお、上出来、上出来、いい子だ」

「本当に2週間勤めれば真藤君の件は忘れて貰えるんでしょうね」

「ああ、男に二言はねえ」

「2週間のうちにターゲットが来なかったら？」

「来なくても終わりでいい」

「ターゲットってどんな人なんですか?」

「厄介な野郎なんだよ」徹さんは言った。

「奴が月に3・4回、宵の口にその店に来ることは分かっている」

「そして奴がいつも新人の女を指名することも分かっている」

「だが、まだそいつの正体をはっきり見た奴はいねえ」

「噂ではそいつは舌に蛇の形のピアスをしているらしい」


「何ですか、それ、気持ち悪い人ですね」

「売人だよ、悪い薬のな。俺らの商売敵だ」

「見つけたらどうするんですか?」

「090-XXX-008-893に電話しろ、男の特徴を言って切れ、それだけでいい」

「090-XXX-オレワヤクザですね。了解しました。それでその人どうなるんですか?」

「そんなこと心配しなくていい」

「だって間違えた人連絡しちゃったらどうなるんですか?」

「俺が見ればそいつかどうかは分かる。だから心配すんな」

「だったら徹さんがその店を張っていればいいじゃないですか」

「俺も俺の仲間も面が割れている。男には口の中を見せない」

「で、その人が見つからなかったら。口の中が見えなかったら」

「だから2週間で終わりでいい。但し店の他の女に舌ピアスの男を捜してるなんてことは絶対に言うなよ。ママや店の従業員にもだ。客の口の中を無理に覗こうともするな」

「ちょ、ちょっとどうしても納得がいかないことがあるんですけど」

「何だよ」

「どうして舌ピアスや他の特徴まで分かってるのに、正体が分からないんですか?」

「薬をその店に買いにいった仲間からの情報だよ。客の振りをして探らせてたんだ」

「因みにその人は会えたんですか?」

「会えたんならおまえさんには頼まねえよ」

「・・・因みにもう一つ聞いていいですか?」

「ああ、いいよ」

「その探りに行った人はどうなったんですか?」

「いい質問だな。残念だが任務完了前にいなくなった」

「じゃ、アキナさんは3番のテーブルに入って下さい」

ママから割り付けられたテーブルにサポートで初打席入りする。

ところが三十分くらいして私は確信した。

私ってこのお商売向いてるみたい！

こんなのコールセンターのお仕事よりもずっと簡単。お給料は3倍。べたべた触りに来るオヤジは適当に流してればいいし、ウーロン茶飲んでても、アルコールフリー飲料飲んでいても、ノリさえ良ければちっとも問題なし。

問題は店内が結構暗いことだ。歳をとるとちょっと視力がね。

まあ確かにあんまり明るいと私らの化粧顔もつらい。

だから口の中は余計見えづらい。

あっ、いいこと考えた。


「はい、あーん」

あ、こらこら、ぱくって食べるんじゃない。

ちゃんとあーんするんだよ。大きめのフルーツを選んでっと。

「あーん」

またぱくってしやがった。口からスイカがはみ出してるでしょ。

ま、いいか、こんな阿呆なおっさんが麻薬の売人な訳ないわよ。

じゃ、こっちに
「あーん」

おっ、何かが光ったぞ。もう一遍、ちょっと上のほうから
「あーーん」

なーんだ銀歯じゃない。

それにしても男って本当にバカだなぁ。

「あーん」

ちょっと魚釣りゲームみたいで面白い。

こらこら、どさくさに触りにくるんじゃない、このスケベオヤジ。

「あーん」

結局今日はそれらしいのはいなかった。

初日の成果は私の適性が確認されたことだけだった。


翌日真藤君から連絡があった。

「堀口さん、申し訳ないけど今夜会えませんか?」

「今夜?　えっと、十時過ぎなら大丈夫だけど」

「それが・・、申し訳ないけど、八時から九時しか空いていなくて」

「そう、じゃ、お店に来てくれる?」

「お店?」

「アキナさんって指名して下さいね」

「アキナさん、ご指名入りました。2番テーブルに入って下さい」

「はーい」

ご案内の通路の暗がりで真藤君が囁いた。

「堀口さん、こんな店で働いてるんですか?」

一体誰のために「こんなところ」で働いてると思ってんのよ!

「え、ええ。ちょっと人に頼まれて止むに止まれず」

「いつから?」

「昨日から」

「ふーーん」

ふーんじゃないでしょう、人の苦労も知らないで。


「こちらのお席にどうぞ」

「お飲み物はいかがされますか?」

「あ、適当に高そうなもの持って来て下さい」

私がオーダーを取りにきたお兄さんに頼んだ。

「ご安心なさって、この店は高そうなものって言ってもたかがしれてますから」

「そうなんですか」

「で、ご用件はなにかしら?」

「それが、実はご存じの写真のことなんですが」

「ええ、どうなったんですか、あれ？」

「写真は別にあれ以上のものは無くて・・、まあ当たり前ですよね、僕と堀口さんしか写っていないんだから、あれ以上のものが有りようがない。

だから弁護士と相談してネット流出とかそれなりに準備した上で無視することにしたんです。向こうが更に言ってくれれば恐喝として訴えればいいだけだし。あの写真は特に僕の顔が見えていないので、ネットに出しても誰だか分からない。

そうしたら、あれを僕の妻に送りつけてきたんです。

妻なら顔が無くても服装や他の特徴から僕だって判定がつきますからね。

まあそれもある程度想定の範囲内で、妻とは話し合ったんですが、妻はあなたと直接会って、本当にそうなのか話を聞きたいって言い出したんです」

ウィスキーボトルと水割りのセットとフルーツ盛りが運ばれてきた。

「真藤君はロックで？」

「いいえ、水割りにして下さい。実は、まだこれからもちょっとあるんで非常に薄くて結構です」

「はい、」

私は超薄めの水割りを作って彼に渡した。

「あーん」

おっと、ついいつものくせでフルーツも食べさせてしまった。

真藤君は素直に口を大きく開いて、嬉しそうにマンゴーを味わった。

「いいですよ」

真藤君のアホ面を眺めて、私はあっさりと承諾した。

「えっ、それは家内に会って戴けるということですか？」

「ええ、勿論」

「そうですか、助かります。実は堀口さんのことは同級生だって結構ディティールまで妻に語ってしまったんで、替え玉は効かないんですよ」

「奥様にはどうお話されたんですか？」

「堀口さんが酔われて、体調が悪くなられたので介抱したって。別段それ以上のことは無いと」

「それを聞いて奥様は？」

「特に質問攻めの修羅場にはならずに、ただ、じゃあ出来るだけすぐにあなたを連れてきて下さいと」

「いつも奥様ってそういう感じの人なのかしら？」

「いや、今回はあまりに冷静で、そのことが正直却って怖い」

「・・・そうなんだ」

「済みません、自分で処理するって言っておきながら巻き込んでしまって」

「いいえ、私も奥様のお気持ちも分かるわ。何を聞かれるかちょっと怖い気もするけれど。それでいつお会いすれば」

「あなたのご都合のつく時で結構ですが」

「私はちょっと頼まれてこの店に２週間連続して出なきゃいけないんだけど、明日の土曜日なら七時にこのお店に来るまでは空いてますよ。ないしは日曜でもＯＫ」

「分かりました。妻と話してすぐに連絡します」

真藤君はもう立ち上がった。私は上着を掛けてあげた。

「堀口さん、」

彼は帰る前に私に振り返って言った。

「別に僕のことは気にしなくていいですから、何でも言いたいことを妻には話して下さい。無理に事実を隠す必要はありません。本当にご迷惑を掛けて申し訳ありません」

うまいこと言うなぁ。さすが社長だ。

窮鳥懐に入らば、猟師もこれを撃たずという私の男前な気持ちが刺激された。

「承りました」

その後真藤君からすぐに電話があって、土曜日の昼に代官山の中華レストランで彼の奥さんとお会いすることになった。

奥さんは和服を着て現れた。予約している個室に入ると、真藤君に

「済みませんけれど、あなたは少し席を外して下さる?」と言った。

「ああ、じゃ」

真藤君は席を立って、私に一人で猛獣の檻に残されるような憐みの目を向けた。

「真藤の妻の玲子でございます。この度は主人の不始末で坂本様にはご迷惑をお掛けして本当に申し訳ございませんでした」

奥さんは深々と頭を下げた。

「い、いえ、そんな・・」

飲茶のコースが運ばれてきた。

「さっ、どうぞお召し上がりになって下さい」

「はい、戴きます」

そう言ったものの、ご馳走を前にして私は少し固まっていた。そこで一口お茶を飲んだ。

急に玲子さんが微笑んだ。何だかひやっとしたものが首筋に走った。

「ご心配なさらなくて結構ですよ。何があったか私は全て存じ上げておりますから」

はっ？　私はエビ焼売に伸ばそうとした箸を一旦引っ込めた。

玲子さんは、くっくっくと笑い出した。

私はちょっと開き直って、エビ焼売を口の中に放り込んだ。


「坂本様は真藤に迫られたんでしょう?」

「え、いえ、私は本当に酔っていましたので、正直あの時、何が起こっていたのかも良く分からないんです」

奥さんのほうが私よりもかなり年下の筈なのだが、私はなんだかこの人に呑まれていた。

「そう主人をお庇いになられるということは、真藤にご好意をお持ちになっていらっしゃるってことなのかしら?」

ぶっ、私は飲みこもうとしたエビ焼売を一瞬吐き出しそうになった。

「いえいえいえ、私はただどこの家庭にもあまり波風を立てたくないってそれだけです」

「真藤は昔から坂本様に憧れてましたのよ」

「・・・ううーん、まあ私も高校の時にちょっとそれを感じたことがありましたが、もう何十年も前のことだし、卒業後は同窓会なんかで数度しかお会いしたことがなかったし、今回も本当に久しぶりなんですよ」

「それは存じ上げております」

存じ上げております、というこの人の口調からは、単に真藤君からそれを聞いたというよりも、なんらかで裏を取ったという自信が伺えた。

「主人の運転手の林にはお会いになられましたか？」

「林さん、ええ先日私を拾いに来て戴きました」

「林は以前、私の父にずっと仕えていたのです」

おっ、おお、話が見えてきた。

「お察しになられたかしら・・」

玲子さんは、またくっくっくと笑い出した。

「主人の『お悪戯』は筒抜けなんです。どこでどなたにお会いするのかも。特に坂本様をお食事の後で休憩場所にお連れした時に、林を外したのはお馬鹿でしたわね」

私はふかひれ餃子を持ち上げたまま口をあんぐりした。

「黙っていろと林に言えば、そんなことを明かす林ではないのに。

本当に困った人。お尻の穴が小さいってことですわね」

ふふふっ、と玲子さんは自分で笑った。


「じゃ、あの殴りに来た人は?」

「証券会社ってね、父や祖父の時分には随分と訳ありのお商売だったんですって」

「ええ、」

「だから色々なことをお手伝いしてくれる方がいらして。・・後はご想像にお任せします。

美味しいわね、こちらの飲茶」

「え、ええ、本当、おいしい」

あんまり味が分からなかった。

真藤君の『おいた』を聞いて、すぐにお仕置き担当をスタンバイさせていたのか。

玲子さんは小龍包を上品に食べた、いや召し上がった。

あの着物に肉汁が飛び散ったらどうなるのだろう?

まあそんなことを気にする人種ではないのだろう。

「今日お聞きになったことは、真藤には内密にして下さる?」

「大丈夫、女の約束です」

私は片手を宣誓のポーズに上げた。

「嬉しいわ。坂本さんって本当に素敵な方。またお会いしたいわ。真藤抜きでも」

どうして話が大体終了したかを察したのか、真藤君が部屋に入って来た。

可哀そうに籠の鳥の我が同級生の友よ。

「大体話は終わったのかな?」

「ええ、坂本さんって、本当に魅力的な方」

「玲子さんには負けますよ」

ほっほっほっ、と二人で笑って昼食会は終了した。

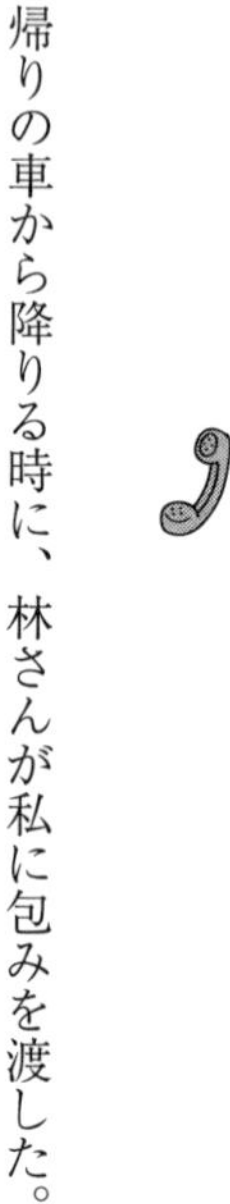

帰りの車から降りる時に、林さんが私に包みを渡した。

「これは?」

「奥様から坂本様への心ばかりのもので」

「いや、そんなもの受け取れません」

「坂本様、申し訳ございませんが、私の顔を立てると思ってどうかお受け取りになって下さい。奥様から坂本様に直接お渡ししなかった失礼はどうかご容赦下さい」

「そんな・・」

「私からも一つお願いがございます」

「はい、」

「どうか何卒、今回のことは坂本様お一人の胸にお収めになって戴き、くれぐれもご友人やお知り合いの方にはお広めにならないで戴きたいのです。何卒、何卒、私に免じてお聞き上げ下さい」

林さんは包みをもう一度私に捧げた。

「承知致しました」

要するにこれは口止め料なのだ。ま、林さんに免じて受け取らせて戴こうかしら。あくまで突っ返したら彼も困るだろう。

「奥様に宜しくお伝え下さい」

包みの中身は高級な反物と着物の仕立券だった。少なくとも数十万円はするだろう。交換や返金に応じるとまで書いてある。

それにしても、あの問題が真藤家の中では解決済みなのなら、何で私があの店で働き続ける必要があるだろう。徹さんと談判してもうキャンセルさせて貰おうかな。

月曜の朝はちょっと気になったことがあったので早めに出社した。

徹さんとの電話で私が口走ってしまったことを確認したかったのだ。

システム担当の人に頼んでその日の会話を再生して貰った。

すると不思議なことが起こった。起こったというより元々そうだったのかもしれないが、私の声は鮮明に録音されているのに、徹さんの声は雑音だけで何も聞き取れないのだ。

「・・・・ラブホじゃありません」

ザーッという砂嵐の音

「酔った私をホテルで介抱していたら、ドアがノックされて、開けたらいきなり友達が殴られたんです」

また砂嵐。

「・・・ちょっと迫られもしました」

砂嵐。

どうなっているんだろう？　その日の午後の会話は掛けてきた相手側の声も綺麗に録音されている。

装置の故障ではない。

試しに私が休んだ日の深谷さんと徹さんの会話を聞いてみた。

やっぱり深谷さんの声だけが録音されていて、徹さんが喋っているらしき間は、ずっとザーッという砂嵐音だけが続いている。

少しすると深谷さんの号泣が聞えてきた。

唯一考えられることは徹さんの会社の電話には、録音されることを防止するそういう装置が付いているということだ。

やの字の会社も結構ハイテクだということなんだろうか。

「お電話有難うございます。横浜アイウェアお客様ご相談窓口担当坂本が承ります」

「ご機嫌はどうだい、春代ちゃん」

「徹さん、もう4日勤めましたけど、それらしい人は来なかったですよ」

「油断すんな。奴は別のところからおまえさんを観察しているかもしれねえぞ」

「ええ、まあそうですね・・」私は適当に相槌を打った。

「真藤の女房と会ってから、俺との約束を果たす意欲が失せたみてえだな」

何で会ったこと知ってるんだろう、凄い情報収集力。

「・・・どういう意味ですか?」

「殴らせたのが真藤の女房だってことを俺が知らないとでも思ったかよ。春代ちゃんはまだ意味が分かっていないないようだな」

「ええ、ちょっと良く話が見えてません」

「真藤の嫁の実家つまり今いち証券の創業者一族は、まだそんな連中とお友達付き合いをしてるってことだよ」

「そうなりますね」

「誰かがそれを世間にバラしたらどうなると思う?」

「・・・」

「特に念入りに口止めした奴が裏切ったらどうなると思う?」

「それって、つまり、私が真面目にやらないと、私が今いち証券の裏社会との関連を世間に公表したことにするって意味ですか?」

「春代ちゃん、発言には気を付けたほうがいいぞ。誰かがこの電話を録音しているかもしれねえしよ」

うっ、

「大事な婿さんをたぶらかしただけでなく、奴らの裏とのお付き合いをぺらぺら喋ったら、お仕置きは殴るくらいじゃ済まないかもな」

「ちょ、ちょっと待って下さいよ。徹さん。私に何の恨みがあるんですか? それに私、彼をたぶらかしていませんよ!」

「別に恨みはねえよ。でも約束は約束だ。一度した約束は事情が変わろうと守って貰うよ。それが俺の商売なんでね」

「・・・分かりました。きちんと最後までやらせて戴きます」

「そうそう、そう素直に言ってくれりゃいいんだよ」

「でも、なんで私が・・」

「あんたはよぉ、もう踏み込んじまったんだよ、半分俺達の領域に。間違えて入っちまっても、それなりの落とし前つけて貰わねえとな。何かと因縁つけてぼったくるのが俺らの得意技なんでよ」

「ひどいですね」

「春代ちゃんは、いい高校いい大学出てるから、いいお友達もいて、俺達にとっちゃ付き合い甲斐があるんだよ。俺なんか田舎の中学しか出てねえから、そんな有名人との付き合いもねえよ」

「そうなんですか?」

「まあ強いて言えば、山川正って大リーグに行ったプロ野球ピッチャーいるだろう、何年も前に引退したがな。ありゃ俺の中学の3コ下だ。山川知ってんだろう」

「済みません、私野球あまり詳しくないもので」

どうしてこんなことになっちゃったんだろう。
どうして私がやの字のために働かなきゃいけないの?
元はといえば、・・元はといえば・・、
私が魅力的過ぎるのがいけなかったのかしら。

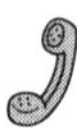

ところで最近我社では、9時7分からの電話と同じくらい恐れられている電話がある。それは社長秘書からの電話だ。

会社が傾いているので、私達アラフィフの年代に社長が直接面談して要る人要らない人を選り分けているのだ。その面談の予約電話なのである。

私の場合、午前中は徹さんとずっと話をしていることが多いので、その電話を受けることはない。掛かってくるとしたら午後だ。

元々会社の経営が思わしくないのは、私達のせいじゃなく、社長がマカオに通ってバカラ狂いしてるからだという噂もある。

「はい、コールセンター坂本です」

遂に社長秘書から私のところにも掛かってきた。

「では、十六時に社長室に参ります」


「坂本さん、お久しぶりです」

社長とは同期入社だ。これも創業者の息子だって分かってたけど、研修は一緒に受けた。まあ品のいいお坊ちゃんなんだけど。

「今、コールセンターにいるんだって?」

「そうですよ」

「あなたみたいな人がコールセンターじゃ勿体ないような気がするな」

「もうちょっと正面受付には耐えられませんから」

社長はレポートをめくった。

「・・それで毎日半日も同じ人と話しているの?」

「ええ、ちょっと変わった人で」

「もう掛けてくんなって断れないの?」

「断れるもんなら断ってますけど」

「ふーん、想像がつかないな?　反社会勢力の人でしょ」

「そうです」

「その人そんなに暇なら、ちんぴらってことじゃないか」

「いや、どうもそんな感じではありませんよ」

「じゃ、そいつはいつも君と朝の会話を楽しんでいるのか?　君の給料の半分はそいつとのお喋りに費やされているのか?」

「ええ、他の人では務まらないようなので・・」

社長は信じられない様子で首を振り、私の書類に何か印をつけた。


そこでドアがノックされた。

「はい、」

社長が答えると秘書が細くドアを開けた。

「社長、内線1番に出て戴けますでしょうか?」

「何だ、この時間は忙しいっていってあったろう」

「いえ、とにかくお願いします」

社長秘書は何か覚悟しているかのように決然とそう言い放った。

「誰からの電話なんだ」

彼女は目に涙を浮かべて、また無言で拝み込むように人差し指を一本立てた。

「まったく・・」

社長は苛立ち気に応接セットから自分の席に戻り、電話のボタンを押した。

「はい、ええ私ですが・・。

やぶき・・さん？

はい、はい、・・・えっ？・・・・い、いや、それは・・・

そんな、あなた、いきなり・・・。

は、？・・・な、なんで・・・」

段々と社長の表情は変わり、私に背を向けて窓の方を向いた。

「そ、そんな・・・、ちょ、ちょっと待ってくださいよ・・・。

はい、はい、そうですね。・・・仰る通りです・・・。

えっ、そ、それは・・・。まさか・・・。

待って下さい、お願いだから待って下さい。・・・・

分かりました。

分かりましたから。それだけは・・・」

何か相手が恐ろしい勢いでわあわあ言っているのが離れた受話器から漏れ聞こえてくる。

社長は見えない相手に思わず姿勢を低くして、何度も何度もお辞儀をした。

しまいには電話機を手で持ち上げてコードの届く範囲で窓の前を右往左往し始めた。

「ええ、・・・ではとりあえず。・・・すぐに。

かしこまりました。

善処致します。・・・いえすぐに実行致します。
・・・それでは」
電話機を机に置くと社長はメガネを外し、ポケットからハンカチを取り出し、目と鼻を拭った。

ほーっと息をつくと、暫く放心した様子で窓から外を眺め。鼻をぐずぐずさせた。

それから私の座っている応接セットに戻ってきた。

「坂本君、あなた本当にあの矢吹って人と毎日半日も話しているの?」

社長の顔は蒼白で目と鼻だけが赤かった。唇がまだ震えていた。

「ええ、」

「どんなことを?」

「まあ大体世間話ですね」

「・・・あの人、・・・僕のことについて、君に何か話したことある?」

私は口を真一文字に閉じ、壊れた人形のように首を激しく左右に振った。その様子を見て社長は暫く絶句した。

それから気が付いたように私の書類に付けた印をぐちゃぐちゃと取り消した。

「坂本君、有難う。ずっとこのままいて下さい」

社長は私に手を差し出した。私はそれを握り返した。

「あなたの処遇も再考します」

それから社長は立ち上がって、わざわざドアまで見送ってくれた。

「じゃあ、これで失礼します」

ドアを閉める時に、社長が自分の椅子に倒れ込むように座るのが見えた。顔は天を仰いでいた。

社長秘書が引きつった笑顔で私に会釈した。

徹さんと知り合いで良かった、と私は初めて実感した。

「さざなみ」では、私の人気が高まっていた。
もうリピーターのお客さんが2人も現れた。最初は先輩のサポートで席に入ったが、下手すれば先輩が私のサポート役になりそうだ。
「あきなちゃーん、また来たよー」
「あらヒデキさん、嬉しーい」

全然嬉しくない。ターゲットが来られないじゃないか。

まあ、指名料は入るけれど。

「あーーん」って、もう口を開けて待っている。

もうあなたの口の中は見たくない。ちゃんと歯を磨いてきてね。
・・・・
「延長しようかな」

しなくていい、しなくていい。

「やっぱえんちょー」「ご延長ありがとうございまーす」

今日もまた収穫は無かった。本当に勤めていたんなら充分な収穫だったのかもしれないが。

どうもこれじゃ二週間フルに働くことになりそうだ。


翌朝、会社に出勤すると、皆から変な挨拶をされた。

「センター長、おはようございます」

「・・・?」

「おめでとうございます。センター長」

「・・?・?」

私は後ろを振り向いた。誰も後から付いてきていない。

掲示板を見て驚いた。

辞令　お客様コールセンター　センター長　坂本春代

「何これ?」

「なにこれって、大出世じゃないですか、春代さん」

深谷さんが私の背中を叩いた。

「うーーん、でもセンター長って何をやればいいの?」

始業前に総務部長から呼び出されて正式に短い辞令を受けた。

「それで今日からどういう仕事をすればいいんですか?」

「いや、別に今まで通りやって戴ければ結構です」

「ん?」

「とにかく社長があなたの働きに値する処遇をしなさいと、」

「じゃ、あの電話窓口対応の人達は、皆私の部下になったってことですか?」

「い、いや、労務管理とか査定とかは従来通り課長がやるから」

「つまりセンター長ってのは名ばかりでやっぱり課長の下ってことですか?」

「いいえ、あなたは処遇的には課長の上で、社長直属です。あなたの仕事の査定は社長が直接行います」

「へーぇ・・じゃ、とにかく普段通り働いていればいいんですね」

「そうです。・・・ここだけの話ですがね、」

総務部長は声を潜めた。

「あの社長の『仕分け面接』から生き残って、しかも昇進抜擢までされたのはあなただけって、皆驚いてますよ」

「お電話有難うございます。横浜アイウェアお客様ご相談窓口担当坂本が承ります」
「センター長だってな、おめでとう春代ちゃん」
「徹さん、社長に何を言ったんですか?」
「いや、別に、あいつの普段の行いについて俺の知っていることを少し述べてやっただけだよ」

「ま、とにかく感謝します、徹さん」

「なんの、なんの、」

「もうこれで私、完全に徹さんのお仲間ですね」

「違うよ、俺はただ一般従業員の中にも毎日人知れず頑張っている人がいて、きちんとそれを評価しろって社長どのにアドバイスしてやってだけだよ」

ううっ、
不覚にも徹さんのその言葉に打たれてしまい、私は暫く会話を継ぐことが出来なくなってしまった。

急にまともなことを言うなんて、反則だよ、徹さん。


「おい、春代ちゃん、聞いてんのかい？」

「ええ、徹さん」

私は鼻声にならないよう気をつけて応えた。

「それであっちのほうはどうなってんだ？」

「それが、私あの店で結構人気者になっちゃって、指名がついて中々新しいお客さんをさばけなくなってしまったんです」

「別にそれでいいじゃねえか。あんまり不自然なことをするんじゃねえぞ」

「だってまだそれらしい人来てないですよ」

「待ってろ、必ず来るから」

「あと十日ですけど、本当に十日勤めたら終わりでいいんですよね」

「くどい、それでいい」

「じゃ、まあ精一杯やらせて戴きます」

「奴は必ず来る。それまでは自然に振る舞え。来たらすぐに電話出来るように、携帯をちゃんと充電して手元に置いておくんだぞ」

「了解です」

「じゃ、世間話いくか・・」

次の日も、その次の日も「さざなみ」では成果がなかった。
でも一般のホステスとしては、(今はホステスなんて言わないのかな、キャバ嬢かしら?)成果ありまくりで、私は指名料だの、延長割増だの、チップだので結構な実入りになった。

「アキナちゃん、今日悪いけど少し勤務時間延長してくれない？九時半からあなたをどうしても指名したいっていうお客さんがいるの」

ママから言われた。

遂に来た、と私は思った。

「その人、あなたにこれを着て待っていてって」

ママはドレスの箱ともう一つ小さめの箱を私に渡した。

ドレスの箱を開けてみると、背中の大きく空いたシースルーっぽいセクシードレスだった。まあ素材は高級そうだった。

もう一つの箱には、これもセクシー下着が入っていた。

こんなの着られないよ、やらしいお客だな。私を何歳だと思ってるんだろう。

「大丈夫よ、恥ずかしかったら、ちょっと席を暗くしとくから」

「・・・そうですか」

九時十五分くらいにその前のお客さんが片付いたので、私は更衣室でそれに着換えた。

ドレスは何だか甘いような、つーんとするような独特の芳香がした。

下着も着けていると、何となくそこの部分が火照ってくるような、そんな感じがする。気のせいかしら。こんなの絶対変態だよ。

大体ブラがドレスに合ってなくて背中から見えちゃうじゃない。

私は暗めにしたボックスでウーロン茶を飲みながら、そのお客が来るのを待った。

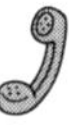

「アキナさん、ご指名のお客様到着です」

私は心臓をどきどきさせながら立ち上がった。

「あきなちゃーん、待ち遠しかったよぉー」

「なんだ、ヒデキさんだったの？」

私は思わず本音が出てしまった。

「でも、嬉しいわ」

なんだは無かったなと思い、一応そうとりなしてヒデキさんを軽くハグした。

「僕のプレゼント、もう着ててくれて嬉しいよ」

えっ、着てなくても良かったの、これ？

ヒデキさんの飲み物とフルーツ盛りが運ばれてきた。

「じゃ、かんぱーい」

ヒデキさんが私にグラスを渡してくれて、一緒に乾杯した。

この人といるのは決して嫌ではなかった。むしろ楽しい。


10時くらいになると、いつもはもう上がっている時間なのだが、私はちょっと疲れたのか、少しばかり付き合いで飲まされたお酒とこのドレスから立ち上る芳香に酔ってしまっていた。

ちょっとくらくらする。いや、凄くくらくらする。

「あきなちゃん、僕との約束覚えてる？」

「え、何だったかしら、ヒデキさん」

「やだなぁ、ちゃんと覚えててよ」

ヒデキさんがその独特の坊ちゃん刈りのような頭を寄せてきた。

「5回目来たらキスしてもいいって言ってたじゃないか？」

そんな約束したっけか？　でもたまに酔ってるし、二週間で5回も会わないと高を括ってそんなこと言ったのかもしれない。

いけない、物凄くくらくらしてきた。目があまり開けていられない。

ヒデキさんは私に覆いかぶさって唇を奪い、舌を入れてきた。

ああ、
私はその時、口の中の異様な感覚に気が付いた。何か固いものが私の舌に時々触れるのだ。

金属！　舌ピアス。

私は思わず目を見開いたが、その金属に私の舌が触れる度に、頭にびりびりとした衝撃が走って、
私の意識は更に遠のいていった。

いつもはこれを外していたのか・・。

や・め・て・

抗って彼の身体を押し戻そうとするが、力が入らない。薬のせい？

もうだらんとしてしまって、彼のなすがままにされている。

電話、電話の入ったバッグを・・・。


「あきなちゃん、５回会ったら店外デートもＯＫって言ってたよね」

私は力なく首を振りながらヒデキさんがそう言うのを聞いた。

「お電話有難うございます。横浜アイウェアお客様ご相談窓口担当坂本が承ります」

「おいおい、ひでえ声だな。昨日はどうだった？　春代ちゃん」

私はおいおい泣きだして、叫びだしたい気持ちを必死で堪えた。

「・・・ターゲットに、・・会いました」

「えっ、それでどうして電話しなかった」

「出来なかったんです・・」

「・・そうなのか・・で、奴はどんな奴だった？」

「・・徹さん、これ以上は電話では話せません。直接お会いして話をさせて下さい」

「・・そうなのか・・お前奴に何をされたんだ？」

「これ以上は電話では話せません、直接お会いさせて下さい」

かろうじて涙声にならずにそう言えた。

「・・分かったよ。いつ、どこで？」

「明日の午後七時に、新橋駅のＳＬ広場で」

「ふふふ、ミイラ取りがミイラかよ」

徹さんはもう大体の事情を察したようだった。

「でも私、徹さんの顔を知らない」

「俺のほうから声を掛ける」

「もうお店には行かなくてもいいですよね」

「ああ、その件はもうミッションコンプリートだ」

「・・あの、もう電話切ってもいいですか？」

「ああ、いい。お前さんには悪いことをしたな」

電話を切って私は暫く机に突っ伏して泣いた。

それから今日と明日はお休みを取らせて貰うことにした。
・・・・
あの晩、冷たいタオルを顔に当てられて、私は目を醒ました。

「あきなさん、気が付いたかい？」

私は病院のようなところに寝かされていた。手足を動かすことが出来ない。手術台に縛りつけられていて、ドレスがお腹のところまで捲り上げられている。口にはさるぐつわを噛まされている。

んんん、

ヒデキが私の顔を覗き込んだ。
そして私の裸のお腹に何かぬるぬるするものを塗り付け始めた。
ひっ、
うわーん、この変態！　私を縛って犯そうっていうの！

「いいかい、これからそれを外すから絶対に騒ぐんじゃないよ」

彼は割と優しくさるぐつわを外してくれた。

「まあ、騒いでも外には聞こえないから同じだけどね。

心配することは無い、俺達はあきなさんの体なんて目当てじゃない。

俺達の目当ては矢吹だ」
・・・ええ、どうせそうでしょうとも。
「ドレスを捲ってんのは、あきなさんにこれを見せるためなんだ」

ヒデキはジェルを塗った私のお腹に超音波エコーのスキャナを押し付けた。

「これが見えるかい？」

ヒデキはエコー装置のモニターを私に向けた。装置には黒い塊のようなものが映っていた。確かに
スキャナを押し付けられるとそこに少ししこりのようなものを感じる。

「こいつはな、うずらの卵をもう少し小さくしたようなカプセルだ。寝てるうちにこいつを飲んでおいて貰ったんだよ。これは遠隔操作で破裂させることが出来るんだ。中には猛毒が入っている」

ヒデキは手に持ったリモコンスイッチを見せた。私は恐怖で身を捩じらせた。そして彼は急にそれを押したのだ。

「きゃぁぁぁぁ！」

私はお腹の中でそれが蠢いた感触に悲鳴を上げた。

「あわてなさんな、まだバイブレーター機能で震わせただけだ」

ヒデキはスイッチを切って冷笑した。

「勿論今は破裂させない。だがいつでもそれが出来る。そのことを忘れないことだ」

私は恐怖で鳥肌を立てた。冷汗が体中に浮かんだ。

「もう腸まで入っているから吐き出すことも出来ない。これが排泄されるまで2日間は掛かるだろう。無理に取り出そうとした場合にも破裂させる」

「わ、私は何をすれば・・」

「矢吹と話をしてあさって、と言うかもう午前0時を回ったから明日の午後七時に新橋のSL広場で会いたいと伝えろ」

「もし来ないって言ったら?」

「奴は来るよ。『矢吹さんのお尋ねの人に会いました。詳しい話をしたいから会って下さい』ってあなたが頼めば。それ以上余分なことは一切言うな。向こうが聞いても電話では絶対に話せないと言え」

「でも、もし来ないって言ったら？」

「『どうしても来て下さい』ってお願いするんだな。必死に頼めば、奴にもその意味が分かるだろう」

「あの人私のことなんてどうでもいいかもしれませんよ」

私はもう泣きながら言った。

「いいや、奴は来る。いいからそんなことは断られてから心配しろ」

ううう、どうしてこんなことに・・・、私は泣きじゃくった。

「これからお前の家に帰してやる。俺達がお前さんの自宅を知っているってことがどういう意味だか分かるな。警察や他の人間にこのことを話したら、腹のカプセルが破裂するぞ。分かったか」

「分かりました」

「朝になったらちゃんと出社して、言われた通り矢吹に話すんだぞ」

「分かりました」

「もう一つ言っておくがな、腹にアルミホイル巻いたりして電波を遮断しても無駄だぞ。一定の時間以上に電波が遮断されると自動的に破裂するように、そいつはプログラムされているからな」

「わかりました」

それから私はまた薬を嗅がされて気が遠くなった。

家の前で起こされて車から外に叩き出された。

外の空はもう白みかけていた。

矢吹さんとの会話を終えた私は会社を早退し、そのまま家に帰って横になったがちっとも眠れなかった。家の前の通りには見慣れないバンがずっと駐車していた。

会社で私が急に休むというと皆に動揺が走ったが、「矢吹さんは明日は電話を掛けてこないから」と説明すると少しそれは治まった。

朝帰りして、またすぐ帰ってきた私を母は心配したが、私は彼女には何も話さなかった。

「今日は気分が悪くてご飯も要らないから、ちょっと横になる」

現実にまったく食欲が湧かなかった。

お腹の中のしこりがどこまで進んでいるかも気になった。

ちょっと触診してみたけれど、変に触って殻が破れた時のことを考えるとぞっとした。


矢吹さんとＳＬ広場で会ったらどうなるのだろう？

徹さんはいきなり拳銃とかで撃たれるのかな、それともゴルゴ13みたいに狙撃されたりして。

そもそも徹さんってどんな人だろう？

格好いいのかな？　結構デブチビハゲのおっさんだったりして。

それにしてもどうしてあの人たちはお互いのことを「奴は来る」って断言出来るのかな？

ああゆう人達はもし待ち伏せされていてもびびらないってことを己のプライドかなんかにしているのかしら？


ところで私のお腹のカプセルはどうなるのだろう？

あんまり暴れたりしないほうがいいのかな？

出る時割れたりしたらどうしよう。怖いよぉ。

私はあまり布団を厚く掛けて電波が遮断されないように、お腹を出して寝た。

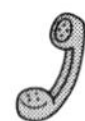

　私はお風呂に入るのも怖くて、シャワーだけ浴びて、お腹のカプセルが早く出るように水を沢山飲んで、それでいてお手洗いに行くのも怖かった。
うとうとしながらベッドの上を転々として、本や雑誌を眺めているうちにお昼になった。
ひょっとして今日が私にとっても最後の日になるかもしれない。
震える手でお化粧して、それから母と息子の守に向けて簡単な手紙を書いた。

お母さんへ
今まで育ててくれて、大人になってからも面倒みてくれて有難う。
親不孝だった私を許して下さい。私はお母さんの娘であったことを誇りに思っています。あなたの作ってくれる食事が外のどんな料理よりも美味しかったです。
愛する守へ
私は三千万円の生命保険に一応入っているのですぐに手続きをして下さい。お母さんはお前に何もしてやれなかったけれど、人一倍お前を愛してきたつもりです。強く生きて下さい。時々は私のことも思い出して下さい。いい女性を見つけるんだよ。


じゃ、行くか！

手紙を私のベッドの枕の下に置いて、顔をぱんぱんと二度叩いて私は外に出た。

これからどうしても食べたかったフランス料理屋に行って、豪勢なランチを戴くのだ。

遅めのランチは味がしなかった。食後のデザートとコーヒーを戴いて午後4時になった。あと3時間。私は念のため携帯を確認したが誰からも着信もメッセージも受けていなかった。

これからどうしよう？

誰かに尾行されているような気がして何度も振り返った。

武器になるものを買いに行くのも怖かった。

エステでも行こうかな？

お腹を強く押されたら困るな。

結局街をうろついて、一番気に入ったケーキバイキングに入って甘いもの三昧を楽しんだ。開き直ったら結構美味しかった。

今更体重が幾ら増えてもかまうものか！

制限時間2時間が終了し、新橋に向かうにはいい時間になった。

さよなら、さよなら、昨日までの私。

さあ私の明日はどっちだ！

午後六時四十分。ＳＬの前で徹さんの接触を待つ。

絶対こんな前から来るタイプの人ではないな。どこからか見張っているかもしれないけれど。

きっと一分前か、それとも随分遅刻してから来るタイプ。

あのヒデキ一味もどこからか私を見張っているはず。

どうなるんだろう？　本当にどうなるんだろう？

今晩のニュースに私は出るのかしら？　それとも私の顔は網掛け？

ずっときょときょとしていると、後ろから声を掛けてくる男がいた。

「君、誰かと待ち合わせてるの？　僕とお茶しない？」

ばっきゃろぉー！　私を何歳だと思ってるのよ！

「いいえ、私には構わないで下さい！」

振り向いた私にその馬鹿野郎はすぐに去って行った。

ちょっとイケメン風ではあったけれど・・。

六時五十五分、辺りには七時待ち合わせと思われるサラリーマンの姿が増えてきた。

「早く来て欲しい」という気持ちと「来ないで」という気持ちが入り混じる。

私は徹さんを愛しているのだろうか？


遂に機関車が汽笛をぼーっと鳴らし、7時となった。

と、それと同時に私の携帯がぶーぶーと鳴った。

メッセージの着信だ。

『すぐにその場を離れて、駅の反対側に出て、銀座方面に走れ』

そんな、ここから逃げたら私殺されちゃうよ。

私が逡巡していると、すぐに次のメールが届いた。

『奴らの目当ては俺だ。俺とコンタクトするまでお前は殺されない。死にたくなかったら走れ！』

もう破れかぶれだ。私は言われた通りに走り出した。

すると私の視界の中で同時に走り出した影がちらほら見えた気がした。念のため走れる靴にしておいて良かった。線路沿いに走ってガードをくぐり、銀座ナイン沿いに走る。

さっき甘い物を詰め込んだお腹が苦しい。

どこかで車が急ターンするタイヤのきしみ音が聞こえる。

一台のバイクが歩道の私と並走してくる。敵か味方かも分からない。

「乗れ！」

フルフェイスメットの男は私に叫んだ。

「徹さんなの？」

「いいから乗れ！」

男は私の前でターンして背中を向けた。

どうとでもなれ！　私はそのバイクの後ろに飛び乗って男の背中を抱きしめた。

バイクは物凄い勢いで加速した。後ろから一台の車が追ってきたが渋滞に掴まってすぐに振り切られた。

すると、私は下腹部に違和感を覚え始めた。

「ねえ、一定時間電波が遮断されると、私のお腹の中のカプセルが破裂するの、そうしたら私は死んじゃうの！」

私は叫んだ。お腹の辺りがぐるぐるする感触がする。

「ねえ、ねえ！　止めて、死んじゃう、死んじゃう！」

聞こえているんだろうか？　私は男の背中を必死で叩いた。

ぶぶ・・・ぶぶ・・・ぶぶ
その振動は一定のリズムで点いたり止まったりしていたが、段々とその周期が短くなってきた。
ぶぶぶ・・ぶぶぶ・・ぶぶぶ
ぶぶぶぶ・ぶぶぶぶ・・ぶぶぶ
ぶぶぶぶぶぶぶぅぅぅーーーー
「いやぁぁぁ！」
恐怖のあまり私はバイクの騒音をかき消すような悲鳴を上げた。
バイクは救急病院の前で地面に孤を描いて急停車すると、ひらりと飛び降りた男は、やおら拳で私のみぞおちを鋭く突いた。
ぐっ、
私は痛みを感じる間もなくその場に崩れ落ち、失神してしまった。

「春代」「お母さん」

病院で私が目覚めると、母と息子がベッド際で見守ってくれていた。

「どうして来てくれたの？」

「お母さんが病院にいるので、すぐ来てほしいっていう連絡があったんだ」

「誰から？」

「分からない。特に名乗らなかった。僕らを出迎えた人がこの封筒をお母さんに渡して欲しいって」

大きめの封筒にはカプセルと手紙ともう一つ紙包みが入っていた。


この君の腹の中に入っていたカプセルは、単なる遠隔操作が出来るバイブレーターで人体に影響は無い。君は彼らに脅かされただけだ。ただ万一のことがあるので腸洗浄して取り出して貰った。君の協力に感謝する。あんまり騒ぐので、静かにさせるために当て身を入れさせて貰ったのは勘弁してくれ。ご家族は大丈夫だから安心して家に帰ってくれ。迷惑料も同封しておいた。必ず受け取ってくれ。

矢吹

紙包みは迷惑料なのだろう。1センチくらいの厚さがあった。ここで開けるのは止めておいた。

「出迎えた人ってどんな人だった?」

「普通の看護師さんだよ。その人がこの封筒を預かったんだって」

「そう・・」

私はその看護師さんに会いたいと言い、息子に探しに行って貰った。しかし息子はその人を院内で発見することは出来なかった。

息子によるその看護師さんの風体は、私をバイクに乗せた人物とは明らかに異なっていた。

その日から徹さんからの電話は途絶えた。

そのことで私はヒラに降格された訳ではないが、何か大事なものを失ってしまったような気もする。

あの人は本当に何のために私と長時間話したのだろう?

社長をあんな簡単に真っ青にさせることが出来るのなら、別に私と長々やり取りしなくても、直に脅せばいいじゃないか。

寂しかったのかしら?

分からない。

あの人は今どこにいるのだろう?

他のコールセンターに電話を掛けているとしたら嫌だな。

誰か他のお気に入りを見つけたのかな?

それともヒデキの一味に捉えられたのか?

刑務所にいるのかもしれない。

とにかく、無事でいてね、徹さん。

いつかまたお電話待っています。元気な声を聞かせて下さい。

本当に・・・。

完

6か月後

飯田郡川端村。確かに田舎だ。

それもただ田舎なだけじゃない、本当に何も無いところだ。

地元の人には悪いけど景色が良い訳でも、名物名産がある訳でも無い。わざわざ休暇を取ってこんなところに来る人もいないのだろう、宿泊するところもない。

だから昨夜は二駅前の街に宿を取って、一時間に一本の電車でここまで来た。ところが目指す中学校まで行く足が無い。タクシーも流れていない。

そこでスマホのナビを頼りに、てくてく歩いていくことにした。

アポを取っていた教頭先生に遅れる旨お詫びの電話をしたが、全然かまわないということだった。

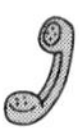

「良くいらっしゃいましたね。こんなさびしいところに」

川端中学はかつて川端一中、二中があったのだが、随分前に合併されたのだそうだ。大リーグパドレスに在籍していた山川正投手は二中の出身だった。

「横浜からいらしたそうですね」

教頭先生がお茶を出しながら言った。

「ええ、職場はそうです。自宅はそこから少し離れているのですが」

「そうですか、まあここに外部の方が訪ねていらっしゃるのは、山川さん関係の取材に数年に一度くらいですかね」

「はい、実はお話させて戴いた通り、私のお捜ししているのは山川さんご本人ではなくて・・」

「その3級上の方だって仰っていましたよね。男性で」

「その通りです」

教頭先生はその頃の卒業生アルバムと名簿を持ってきてくれた。

アルバムと言っても集合写真は一学年一枚しかない。

「これが山川さんの年、これが山川君」

なるほど、この頃からひときわ大きい。

「山川選手はね、偉かったですよ。ご覧の通りね、生徒数が少ないもんだから、ろくな部活が出来なかったんでね、毎日この二つ先の駅まで走って通ってそこの中学のチームの練習に入れて貰っていたんだそうです」

ああ、私が宿を取った街だ。

「いや、山川選手の話じゃなかったですね。こっちがその3年前の卒業生」

「はい、」

「クラス全部で25名で、男子は13名ですかね」

「その後の同窓会名簿とかお持ちですか?」

「いや、もう学校には無いんじゃないかな? 当時勤めてらした先生ももうお亡くなりになられている方が多いですしね」

「このうち、まだ地元にいらっしゃる方は?」

「さあねえ、ああ、この北島さんって人はね、多分あの北島さんだろうから、この辺じゃ大きな地主で別に都会にも出ていかなかったんじゃなかろうか?」

「そうですか。これがその方の電話番号ですね」

「本当はこういう名簿もお見せしちゃいけないんだろうけれどね。まあ遠くからわざわざ来て戴いたんだから、メモっといて下さい。

おっ、」

「どうされました？」

「あなたの捜しているのはこの人じゃありませんか？」

教頭は写真の中の一人の男子を指さした。

「え、・・この人はどんな？」

「この世代では山川に次ぐ有名人ですよ。東大教授になって新聞にも何回か出たことがある。この人はこの学年卒だったんだ」

「・・・いっ、いや、私の捜しているのは、大学教授ってタイプの人じゃないんです。実はやくざになった方で・・」

「やくざ？　あなたは警察関係の方？」

「いえいえ、申し上げた通り、私は横浜の中堅メガネ製造販売会社のお客様窓口担当なんですが、その方からお預かりしたものがあって、是非ともお返ししたいんですが、その人本名を名乗らなかったもので」

「そんなことだけで、わざわざこんな遠いところまでいらしたんですか？随分と律儀な方だ」

「ええ、まあちょっと訳ありなんです」

「やくざになった人ってのは聞かないなぁ。まあこの北島さんにお聞きになってみたらいかがですか？　同級生なら情報があるかもしれない」

「はい、そうしてみます」

しかし、ふとその教頭先生が指さした男子生徒の容貌も気になった。

「こちらの人のお名前は？」

「村田、村田英明。郷里始まって以来の秀才と呼ばれていたはずです。今でも伝説ですよ。先生より勉強出来たって」

「・・ヒデアキ、か」


　帰りの電車は４時までなかったはずなので、北島さんも訪ねてみることにした。電話を掛けたら、わざわざ中学まで迎えに来てくれた。

「じゃ、その人は山川の3コ上って言ったんだね」

「ええ、そう仰ってました」

「するとオラと同級だね。・・やくざねえ、あんまり知らんなぁ」

彼は居間の大きな紫檀のテーブルに手書きの資料を並べた。

「これはね、オラがもう20年前くらいに同窓会やった時に、皆の消息を調べた名簿。今も地元にいたり帰ってきたのが5人。この人は亡くなったって聞いたな。ほら、村田君もおるでしょ。実家に尋ねたら、大体の人のその時の現住所は分かったんだ」

「この、村田さんっていう人は？」

「おお、そうそう、結構最近にね、新聞に載ってたの。確か取ってあったんじゃないかな？」

北島さんはそういって席を外した。

私はその名簿をじっくり眺めた。

東京・横浜圏にいそうな人は5名しかいなかった。その人達は具体的な職場までが記載されており、やくざになっていそうな人はいなかった。

「ごめん、やっぱり無かったわ」

「それって載ってたのいつごろですか？　何新聞ですか？」

「うーーんと、何新聞だっけ？」

そうだ！そんなに有名人なら単にググれば良かったんだ。

私はスマホから村田英明教授の名前を検索してみた。

すぐに出てきた。人物の最近の写真まで。

「ああっ！」

「どうされた？　坂本さん」

「私、この人知っています」

米国大使館から出てきたその男性はサングラスを掛けてはいたが、独特の髪型と背格好からその正体は明白だった。

「ヒデキさん、村田英明教授」

私が思い切って声を掛けると振り向いたその男は驚愕した。

「あ、あきなさん、い、いや坂本春代さん」

「ちょっとお話いいですか？」

村田教授はサングラスを外して頷いた。以前お店に来た時の表情とはまったく異なっていた。

「わ、私は反社会勢力の人ではありませんから、あの時はその振りをしましたが」

「ええ、そのことはなんとなく存じ上げています」


私達は近くのコーヒーハウスに席を取った。

「それにしても良く私を見つけましたね」

「私、どうしても徹さんにもう一度会いたかったんです。電話が掛かってこなくなって、私の午前中はいつも空っぽになりましたから、調べる時間はいくらでもあったんです」

「それで・・どうやって?」

「私はもし徹さんが刑務所にでも入っているのなら、慰問してあげたいと思ったんです。まあ、それがお墓参りになるのなら、お墓参りでも。彼との会話は雑音ばかりで録音出来なかったけれど、彼の話していたことを一生懸命思い出して、徹さんの現在の居所や正体のヒントを見つけ出そうとしたんです」

「うん・・・」

「徹さんとの話は殆どが馬鹿っぽなしで彼は自分については余り語らなかったから、何もヒントが無いようにも思えたんだけど、一つだけ思い出したことがあったんです」

「・・・それは？」

「確か、彼は山川正というプロ野球選手と中学で３コ上だって言っていました」

村田教授は首を縦に振った。

「僕の中学は田舎で小さかったからね。山川は地元の超英雄だよ。実は僕だって郷里ではちょっと有名だったんだよ」

今度は私が頷いた。

「私は野球はてんでオンチだったんだけど、インターネットで山川投手の経歴を調べて、教授の母校を訪ねたんです。先生はあの頃の卒業写真に随分面影が残ってますね」

村田教授は苦笑した。

「教頭先生が、山川選手以外でお捜しならこの人じゃないですかって写真の中で指したのが15歳の村田少年だったんです。

『我が校始まって以来、伝説の秀才』仰ってましたよ」

「そうなんだ」

「私は他の同級生でやくざになった人はいませんかって聞いたんです。そうしたら心当たりは無いって」

「まあ中学の頃の話じゃ、大人になってから悪くなるかどうかなんて判定はつかないだろうけどね」

「私は先生と同級の北島さんっていう方にもコンタクトしたんです。同窓会の幹事をされていたそうですね」

「ああ、北島君ね、その通り」

「比較的人数が少ないんで、男子は大体確認が取れたんです。でも矢吹さんらしい人はいなかった」

「それで僕のことは、」

「先生のことは主にインターネットの記事で知りました。人工会話機能の開発を心理学者や社会学者と一緒に取り組んでいるっていうお話でしたね」

「そうだね、それはもう10年くらい前の話かな」

「私はとりあえず先生から直接お話を聞くことは避けて、その記事に載っていた人達から先生についてのお話を聞いたんです」

「まあ、あなたにはひどいことをしたからね」

「そうですよ、あの一件はもうトラウマになっています。先生の悪役ぶり、結構板に付いていましたよ」

スケベオヤジっぷりはもっと板についてたけどね。

「本当に申し訳ございませんでした」

村田教授は赤面して頭を下げた。

「先生のご職業であそこまでやるのは相当にリスクが高いですね」

「いや、他にやってくれる人がいなかったんです」

そりゃそうでしょうよ。

「で、それで僕のことどこまで分かったんですか？」

「先生はかなり以前から米国とメキシコ政府の依頼であるプロジェクトに参加して、それから消息が掴めないってその方は仰っていました」

「それから？」

「先生の顔もお名前も分かっていますからね。どこに住んでいて、どこに通っているかくらいのことは突き止められましたよ。

戴いた『迷惑料』を有効活用させて戴いて」

「そうですか」

「ここからは先生から教えて戴けませんか？　一体どうなっているのか？　私には聞く権利があると思うんですけれど」

「ええ、あなたにはその権利がある」

村田教授は視線を一度下に落とした。

「でも、聞いたことは内密にして戴けますよね」

私は頷いた。

「じゃ、ここでは何だから一緒に来て貰いましょう」

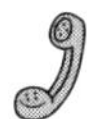

　私達は地下鉄に乗って本郷に移動し、近くの大学の大型電算機センターの一室に向かった。その部屋に入る前にはX線装置のゲートをくぐらなければならなかった。

「携帯電話や他の電子装置は全てここに置いていって下さい」

私は村田教授の指示に素直に従った。

「じゃあ、続きのお話をしましょうか」

教授は私をソファーに座らせてそう言った。

その殺風景な部屋を眺めていて、悲しいけれど、私は自分の想像がやはり正しかったことを確信しつつあった。

「どうも徹さんって人間じゃなかったみたいですね。どおりで彼は人間離れしていたはずです」

「お察しの通りです。

彼は一種の最強兵器です。私は偶然彼の原型を発見したんです。

私はそれ以前、人工知能による人との会話の研究をしていました。

しかしある種の会話をマシンと人間が行うと、相手の人間が極端に恐怖を感じるパターンがあることに気が付いたのです。普通はそのようなパターンは避けるようにするのですが、私は逆に興味を持って、その会話パターンを追求し続けたんです。

要するに人に疑念や不安を抱かせて、その不安が極端に増大するような会話に持って行くやり方です。

私がその成果を論文に発表すると、すぐに米国の政府系の団体から秘密裡にコンタクトがありました。

私の研究の成果をテロリストやスパイや他の犯罪者の尋問に応用したいという依頼です。

彼らは私の研究成果をNSA他が行っている盗聴情報と組み合わせると絶大な効果があることに気が付きました。

要するに先に相手の弱みを徹底的に調べてから私のロジックで心理的に揺さぶりを掛け、追い詰めるのです」

「NASAってそんなことまでしてるんですか？ 宇宙にロケットを飛ばしてるだけかと思ってました」

「ナサではありません、NSA、国家安全保障局です。国内外のテロリストや危険人物の活動を主に盗聴で電子的に監視しているんです」

「あっ、そういう組織があったんですか」

「具体的にどんな組織と組んだのかはお話し出来ませんが、私のプログラムは大規模犯罪組織の壊滅に大変な効果がありました。犯罪組織の構成員に嘘と本当の情報を織り交ぜて電話を掛けると、彼らは疑心暗鬼の末、勝手に仲たがいをし始めて組織が内部崩壊してしまうのです。犯罪組織といえども、いや犯罪組織であるからこそ信頼関係というものが非常に大切で、そこが欠落してしまうと強固に見える組織でもその結束は比較的簡単に内側から崩壊してしまうのです」

「要するに徹さんって」

「スーパーコンピューターです。私の作り出した人工会話知能です。

しかし会話をするにはその人の経歴や人格が必要なので、一部は私の経験を彼のものとして採用しました。彼が山川投手の３学年上と語ったのはそのためです」


「それがどうして私と長い間会話していたのですか?」

「それは、あなたが彼を怖がらなかったからです」

「えっ?」

「人工会話知能は、人との会話を通じて学習し、その機能を進化させていきます。

しかし私の『矢吹徹』は、ある程度進化したところで、誰もが彼との会話にすぐ恐怖してしまうので、それ以上の会話が成立せずに、進化が止まってしまったのです。だから私は彼と長く会話の出来る人を捜す必要があった」

「それが私だったと」

「そうです。

あなたは他の誰よりも正直であけっぴろげだったので、会話だけであなたを心理的に追い詰める要素を人工知能は見つけることが出来なかったのです。そういう意味であなたは本当に凄い人です。

お蔭様で『矢吹徹』は更に進化出来ました。その点についても御礼申し上げます」

「・・・お褒めにあずかりまして」

「でもどうしてあなたは私にあんなひどいことをしたの？
いくら迷惑料戴いても、あれは充分犯罪ですよ」
「あなたも人並みに怖がる人だということを証明するためです。

何度も繰り返しますが、申し訳ありません」

「はぁ?」

「私のプログラムは卑劣なもので一般の人に適用するのは人道的に許されるものではないことは充分承知しています。

でもたまには間違えて無実の人と接触してしまう可能性もある。その人達がいつも不安のあまり精神錯乱したり自殺したりしてしまうと困ります。まあ普通そこまではいかないのですが。

だからあなたのように本当に後ろめたいものを持っていない人にとっては、無害な場合もあることも事例として残しておきたかったのです。

そしてそれが平気である人物も決して精神異常者なのではなくて、きちんと怖いものは怖がる普通の人であることを確認したかった」

「その実験台にされたってことですか・・」

「これを実用化している米国政府から強く要求されたことです。

まあ、そのやり方について私の趣味が色濃く反映されていることは否定出来ませんが」

「でもそれってひどくないですか? こうして私が追求しなければ、ずっと黙っていたってことですか?」

「申し訳ありませんが、その通りです。

スペイン語版『矢吹徹』は、現地ではディアブロ（悪魔）と呼ばれていて、今ではメキシコの麻薬カルテル壊滅作戦の最高の切り札ですから、その正体は明かせません」

「じゃ、私も世界平和に多少なりとも貢献したと」

「大貢献です」

「はあ、」

私はため息をついた。

折角徹さんに会えると思ってここまで来たのに。

やっぱりいないのか。

私はちょっと涙が出てきた。


「春代さん！坂本春代さんでしょ、お見えになってたんですか？」

その部屋に急に背の高い男性が入って来た。

初対面の彼はまるで旧友と再会したような微笑みを私に向けた。

この人は・・？

「丁度良かった、ご紹介しましょう」

きょとんとしている私に男性は手を差し伸べた。

「黒木君です。

『矢吹徹』とあなたとの会話をずっと分析していた准教授です。

矢吹があなたにプレゼントを贈ったり、あなたの会社の社長と話をつけたりしたのも彼のウィットによるものなんですよ。

彼は学者としても優秀だが一流の武道家でもある。

『矢吹徹』の性格や他のキャラクターは彼をベースにして作られています。設定年齢よりも若干若いので、記憶や経歴だけは一部私のものを採用しましたが」

「黒木です。春代さんとはずっとお話していたような気がします。

お写真とかも拝見して、僕は美熟女クラブに通っていた村田先生を羨ましく思っていたんですよ」

私は彼の手を握った。この人からのプレゼントだったら突っ返すんじゃなかった。

「じゃ、あなたが私をバイクに乗せてくれた方ですね？」

あれ、ひょっとしてＳＬ広場でナンパしようとしてたのもこの人？

「そうです。その節はお腹を思い切り叩いちゃってご免なさい。矢吹徹はね、主に人の心を自暴自棄にまで追い詰める目的でプログラムされているはずの人工知能なんですが、あなたと話していると時折妙に優しくなったり、大声で笑ったりするようになったんです。僕はそのことに物凄く心を動かされました。お近づきの印にこれから食事にでも行きませんか?」
「ええ、喜んで」

第1話完

村田教授による矢吹の解説

「春代さん、あなたは矢吹がどのように出来ているかについて、ご興味がありますか？」

「えっ、私は難しい話はちょっと」

「そうですか、じゃここからは興味があるところだけ適当に聞いておいて下さい」

「矢吹のプログラムは普通のコンピュータープログラムとは大きく異なっています。どこが違っているかと言うと、現代のプログラムは入力データ部分とロジックの部分が明確に分かれていますが、矢吹はその境目が不明確なのです。その意味で、大昔テープで入力していた時代のコンピューターに似ています。

矢吹の場合、「入力データ」に相当するのは人との会話です。

人の会話には「文法」というロジックと、その会話を成り立たせている話者のロジックがあります。

矢吹は話者のロジックを読み取って会話を繋げますが、そのロジックや語彙が読み取れないと、ただ相手の言った言葉の一部をオウム返しに反復します。

「なんでえ、そのカツアイってのはよお！」ってな具合にです。

矢吹の解釈した話者の会話ロジックは主に次回同じ人と話す時に採用されますが、矢吹の会話ロジックそのものも進化させていきます。こうして矢吹は入力される会話に返すべき言葉を学んでいきます。返すべき言葉とは、会話を継続しながら相手を追い詰める言葉です。

話者のタイプによって対応パターンのロジックを全部記録・準備しているとプログラムとデータ部が巨大になってしまい、レスポンスも遅くなってしまうので、要らないデータやロジックは溜めないように設計されています。そのため、矢吹のコア部分はとても小さいプログラムです。だから私にも矢吹がどのような反応をするのかは予測不可能なのです。また矢吹の会話ロジックがどのように進化するのかも予測不能です。

矢吹には二つの目的があります。

① 会話を繋げること

② 会話した相手を精神的に追い詰めること

ですから矢吹の会話は3時間継続するか、精神的に追い詰められた相手が電話を切ってしまう、まで続けられます。矢吹は相手の精神状態が追い詰められた兆候の充分な蓄積を確認しない限り、電話を切らせないようにプログラムされています。不十分な状態で電話を切られた時には、何度でも掛け直します。相手がヒステリックに電話を切れば、それが一つの追い詰めサインとしてカウントされます。

矢吹を構成しているもう一つの機能が調査機能です。

これは私の専門分野ではなくて、後から米国の研究者によって付け加えられた機能です。

矢吹はまずターゲットに電話を掛ける前に、その人物の背景を調査します。主に調べるのはその人物の利用するメールやSNSサーバーです。勿論、携帯電話の番号リストや通話履歴もチェックします。

どんな相手とどんな頻度でどのような内容でメールを交換しているかがまず分析されます。その結果、その人物を取り巻く関係者のリストが作成され、そのターゲット本人への影響度が確認されます。

次に、確認された影響度の高い人物の関係者も調査されます。

こうして最低2段階の交流リストが作成され、更に本人を含まない交流者同士のメールやりとり頻度等が確認されます。手ごわいターゲットにはこの交流リストを3段階（友達の友達の友達）から4段階にまで広げます。

次に金銭的な背景のチェックが行われます。預金や証券、クレジットカードの購入履歴等です。また本人の検索したWEBサイト等から興味の対象を確認します。

家族や親戚関係の確認も重要ですが、これらはむしろメール等よりも確認しにくい情報のようです。

家族にはメールでなく口頭で接している人が多いからです。

更に本人の使用しているスマートフォンやＰＣにも調査用のウィルスが侵入されます。

これでほぼ準備完了です。

驚くなかれ本人の使用しているメールアドレスのどれか一つを入力するだけで、これら一連の調査は長くても半日以内に終了します。

矢吹はスーパーコンピューターだと申し上げましたが、スーパーコンピューターとしての性能が必要なのは、この調査機能と矢吹の進化調整機能にだけで、矢吹そのものはお話した通り比較的小さなプログラムです。だから今のままで進化が必要でなければ、矢吹をどこにでも移植することが可能です。あまり昔のコンピューターでは難しいですが、矢吹をインストール出来る電子機器は地球上に10億台以上あるでしょう。

では、次に矢吹がどのようにターゲットを攻撃するかを少し説明しましょう。これは重要な企業秘密なのでさわりの解説だけにします。

矢吹はターゲットにすぐには電話を掛けません。

矢吹はまず友達同士のメールやＳＮＳになりすましで「不安の種」を撒きます。要するに本人に関する良からぬ噂です。

こうして本人の目の届かないところで、ターゲットに関する「ありそうな噂」が蔓延するのを少し待ちます。それは全くの事実であったり、一部の事実に脚色を加えたりしてより人々の興味を引く話題に加工されたりしています。

それが現実の脅威としてターゲットの耳に届く頃には、あまりに多くの人が知っていて、元々の情報源の特定は不可能になっています。

仕上げに今度はターゲットにその噂を否定する努力をさせて、その隠蔽工作を記録し、動かぬ証拠として噂を本当にしてしまうのです。

隠蔽工作はターゲット一人では普通出来ないので、必ず誰かに相談しますが、その人の持つスマートフォンに勝手にボイスレコーダー機能が立ち上げられて、秘密の会話が録音されているなんてことが起こりうるのです。

方法は他にも色々あって、これはその一例に過ぎないのですが、
矢吹はそれから電話を掛けます。

春代さん、起きていますか？　春代さん」

第2話

その人からの電話は9カ月ぶりに9時7分過ぎに掛かってきた。

「おはようございます。横浜アイウェアお客様ご相談窓口担当坂本が承ります」

「よう、春代ちゃん、どうしてたい？」

「と、徹さん。あなたなの？」

「ちょっとやぼ用でよ、春代ちゃんに電話する暇が無かったんだよ」

「ええっ？」


徹さんはやくざだ。

いや、本当はやくざに扮したコンピューターの人工会話知能だ。

私はこの人が本当の人間のやくざだと思って、約1年半前から半年間、この人と毎朝お昼まで会話を続けた。

しかしその後ある事件を境に彼との会話は終了した。

急に電話が掛かってこなくなったことが気になった私は、その後、半年掛けて彼の消息を調査した。そして遂に突き止めたのだ。彼が本当は人間ではなくて、コンピューターの作り出した人工会話に過ぎなかったことを。

私はその人工会話知能を開発した大学教授とそのシステムを管理している准教授と知り合いになった。彼らはその人工会話知能を犯罪組織壊滅のために利用しているのだ。

彼らによると私はその人工会話知能と長時間会話出来る唯一の人間で、彼らはそのシステムを進化させるために、私と毎日会話させていたのだという。でもその役目はもう終了したはずだと思っていた。

「徹さん、あなたどういうつもりでまた私に電話してきたんですか?」

「どういうつもりってまた春代ちゃんとお話がしたくなっただけさ」

私は頭がぐるぐるした。これが本当に徹さんだとしたら、彼は人間ではない。これは一体何なのか? 徹さんを管理している黒木准教授か彼の生みの親の村田教授のジョークなのか?

「おい、春代ちゃん、迷惑だったか。そりゃまあ迷惑だろうけどよ」

「いえ、徹さん。私徹さんから電話がこなくなって、寂しくなって、暫くあなたのことを捜してたんです」

私はもう彼が本当に人間だということにして話を続けることにした。

そのほうがとりあえず自然に話していることが出来るからだ。

この通話が終わったら黒木准教授にどういうことなのか問い合わせてみよう。


「おお、泣かせること言ってくれるじゃねえか」

「本当に探したんですよ。徹さんの出身中学まで行きました」

「本当かよ、で、俺が誰だか名前まで突き止めたのか?」

「ううん、分かりませんでした」

「そうかい、卒業生の誰がワルになったかなんて、学校の教師だって知らねえだろうからなぁ」

「元パドレスの山下投手の3コ上だって言ってたから」

「おお、そんなこと話したっけかな」

しかしここで急に徹さんの声音が変化した。

「でもよ、一つだけ忠告しとくがな、それ以上俺のことを詮索すんじゃねえぜ。余計な鼻突っ込むとただじゃ済まねえぞ」

「いえ、もうお元気そうなのが分かったんでそれでいいです。

私本当に刑務所にでもお見舞いに行こうかと思ってたんです」

「馬鹿なこと考えんじゃねえよ。別にお勤めしてた訳じゃねえよ」

「あの日、私をバイクに乗せてくれたのは徹さんじゃないの?」

コンピューターが私をバイクに乗せる訳はない。

だけど私は聞いてみた。徹さん的にはどういうつじつまになっているのか興味があったからだ。

「いや、あれは俺んところの若いもんで俺じゃない」

「そうなの。私あの人が徹さんなんだってずっと思ってた」

「俺はもう歳だから、あんなスタントみたいな真似は出来ねえよ。

まあどうしてもやれって言われたら、老体にムチ打つけどな」

「私、『徹さんを連れてこい』って言われてたの」

「ああ、それは分かってる」

「あのあなたをおびき出した人達とはどうなったの?」

「心配すんな、ちゃんときっちりカタをつけておいた」

「あのヒデキって人はどうなったの?」

「もう春代ちゃんの前には姿を現さねえよ」

いいえ、もう私のほうから会いに行きました。

「そうなの、安心した」

「お前さんには迷惑を掛けたな」

「そういえば、あの迷惑料・・」

「あれは手紙にも書いた通り、どうしても受け取っといて貰うよ」

「あんなに・・」

「春代ちゃんは腹んなかに猛毒入れたって脅かされて死ぬほどびびったんだろう？　あのくらい慰謝料貰わなきゃな。元はと言えば俺の不始末だ。俺の顔を潰すんじゃねえよ」

「じゃ、有り難く頂戴しておきます」

「で、ここんとこどうしてた？」

「徹さん、とっても申し訳ないんだけど、ここんとこずっと徹さんからお電話が無かったもんだから、私ちょっと別にやることが朝にあるの。それで・・明日の朝からはずっと徹さんのお相手が出来るように会社に話しておくから、今日だけは一旦これでお話を終わりにしていいかしら？　申し訳ありません」

「え、・・まあいいぜ。分かったよ、また電話すらあ」

「じゃ、明日お待ちしています、徹さん。久しぶりにお声が聞けて嬉しかったです」

「ああ、またな」

私はすぐに黒木准教授に電話を掛けた。

「あ、坂本さん、お久しぶりです」

「黒木さん、一体どういうことですか？」

「どういうことって、何ですか？」

「じゃ、あれは村田教授の仕業なの？」

「しわざって、何があったんですか？」

「とぼけないで、徹さんよ。徹さんが今朝私のところに電話を掛けてきたの」

「えっ、遂に矢吹が春代さんのところに電話しましたか？」

黒木准教授の困惑の声に演技はなさそうだった。

「遂に、ってどういうこと？」

「いや、矢吹が電話する相手のリストは私が一応点検しているんですが、1カ月くらい前に、消去したはずの春代さんところの電話番号がシステムのリストに復活していたんです。それで僕はもう何度か削除したんだが、気がつくと何故かまた復活していて・・・。矢吹には確かに一度消した記憶のうち、必要そうなものを自動的に復活させる機能があるんだけど、あなたの電話番号は消しても消しても予備のところに復活しているんで、嫌な予感がしていたんです」

「それってどういうこと？　村田教授がやっているの？」

「いや、教授は人工知能の次の進化の研究に掛かりきりなはずで、毎日の運営については、僕以外にシステムを触れる人はいないはずなんですが」

電話口からカチャカチャと忙しくキーボードを叩く音が聞こえる。

「やはりシステムに外部からアクセスした形跡はない。このシステムは最高機密レベルに守られているから、世界最高級のハッカーでも侵入は出来ないはず」

「すると？」

「矢吹自身の『意志』でやっているとしか思えない」

「えっ、本当に？」

「もし彼の自律機能を『意志』と呼べば、ですが」

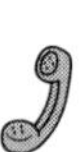

「徹さんにそんな『意志』があるんですか？」

「矢吹には自分のターゲットの調査のためにその周囲の人間関係を自律的に探査する機能がある。今彼のターゲットとなった人物の交友関係の2次的な網に偶然あなたが引っ掛かった可能性もありますね」

「徹さんのターゲットって主に犯罪者ですよね」

「ええ、普通は日本人じゃないですね。海外のテロリストや麻薬王みたいな」

「徹さんは明日また電話するって言ってました」

「じゃ、僕も明日の朝は一緒にモニターしています」


はたして朝9時7分15秒くらいに電話は掛かってきた。

「お電話有難うございます。横浜アイウェアお客様ご相談窓口担当坂本が承ります」

「おはよう春代ちゃん、ご機嫌いかがかな？」

「徹さん、昨日は失礼しました」

「おお、いいってことよ。どうせお邪魔虫だからよ」

「うん、久しぶりにお電話戴けて嬉しかったのに失礼しちゃって。で、世間話でもしましょうか？」

「ああ、それもあるんだけどよ、実は俺は春代ちゃんに一つお願いと警告があってよ」

お願いと警告？　私だけでなく黒木さんが息を呑むところが聞こえた感じがした。

「警告って私が徹さんの正体についてこれ以上詮索しないようにってことですか?」

「いいや、それはもう話した通りだ。別の警告だよ」

「何ですか徹さん、それとお願いって?」

「お前さんの知り合いにとんでもねえ奴がいるぜ。そいつを一言だけ伝えておきたくてな」

「誰ですか、それ?」

「悪いけどそれは明かせないな。それからどうして俺がそれを知ったのかも教えない。誰かから変な頼みごとをされた時は注意するんだな」

「・・ええ、」

「星占いより、俺の予言のほうがずっと信憑性があるぜ」

「分かりました。人からの頼まれごとには慎重に対処します。
・・それでお願いのほうは?」
「ちょっと会いに行ってきて貰いてえ人がいるんだ」

「誰ですか?」

「平田アイって婆さんでな。今から言う養護施設に入っている。

メモの準備いいか?」

「はいどうぞ・・・、はい、はい。大丈夫です、インターネットの地図で場所は確認しますから。

今日はちょっと無理ですけど、土曜日でいいですか？　ところでアイさんって徹さんのご親戚か何かでいらっしゃいますか？　あれっ、聞いちゃいけなかったかしら？」

「俺のじゃねえ。知り合いの親戚だ」

「それでお会いして、何をすれば・・」

「ただ会って、世間話して、生きてんだか死んでんだか様子を俺に教えてくれ。婆さんの頭はボケてると思う」

「話せるんなら当然生きてはいるんでしょうけど、私は何者だって名乗ればいいんですか？　徹さんのお名前は勿論出さないほうがいいんですよね」

「近所の知り合いだとでも言えよ、相手はボケてんだから。春代ちゃん、適当に他人と話を合わせんの得意だろうが。俺の名前は勿論出すな」

「了解しました。やってみます」

「じゃ、世間話いくか」

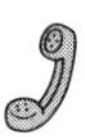

「春代さん、矢吹さんの電話って復活したんですって?」

お昼を食べながら新人の森さんと話した。新人といっても、彼女ももうすぐ一年になる。

「うん、昨日からまた掛かってくるようになったよ」

「ええーん、私もう朝の電話出られない」

「大丈夫だよ、私が出るから」

「折角誰よりも早く電話に出る練習してたのに・・・」

「そうだねえ、ミホちゃん頑張ってたのにねえ」

「あの人との電話を思い出すだけで手が縮んじゃうんです」

「大丈夫だって、私が徹さんの電話に出たらサインを出して上げるから、後は積極的に受話器に手を伸ばすんだよ」

「はーい」


徹さんとの会話が終わって、すぐミホちゃんに昼ご飯を誘われたから黒木さんには電話を掛ける暇が無かった。私は昼食後すぐに黒木さんに連絡を入れた。

「黒木さん、今朝の徹さんとの電話聞いてましたか?」

「ええ、聞いていました。矢吹が警告や依頼をするなんて驚きましたよ」

「平田アイって何者なんですか？」

「さあ？　これもターゲットの交流関係者の一人だと思いますが、僕も矢吹が今誰をターゲットにしているのかは分からないんです。あまり深く知らないほうがいい場合があるんです。相手が超大物の場合、下手に知ると命に係わるケースすらありますしね」

「怖いですね」

「私の想像では、矢吹はターゲットの人間関係の情報を埋めようとしているのだが、このお婆さんは普段携帯電話やメール等を使わないので電子的に調査出来ないから、春代さんを使って調査しようとしているのではないかと思います」

「そうですか。私の知り合いにとんでもない奴がいる、っていう警告は？」

「矢吹が警告を出すなんてのも今までに例が無い。実に不可解です。

だけれども、村田教授が以前お話した通り、矢吹の進化については我々にも予測がつかないのです。

彼は誰かとの会話から、新しい振る舞いを学習したのかもしれない」

「本当にとんでもない人がいるのかしら。犯罪者とか」

「うーん、それはなんとも。

ただ一つ言えることは、矢吹はネット上で調査した内容を第三者に目的なく漏洩することは絶対にしないようプログラミングされているということです。彼がネット上で知り得た内容を春代さんにほのめかしたとすれば、何らかの目的があったと考えるべきでしょう」

「何ですか、その目的って?」

「さあ、そこはまだ今のところは」

平田アイさんは都下の外れのケアハウスに住んでいた。

私は考えた挙句、やはり近所の知り合いの家の娘だということにして受付に面会を申し込んだ。

アイさんは日の当たるホールの長椅子でぬくまっていた。品の良さそうなお婆さんだ。

「あの、アイさん?」

「あら、マミさん、マミさんやない」

アイさんは私の顔を見るなり手を叩いていきなりそう叫んだ。

「い、いえ、私は・・・」

「マミさん、えらい久しぶりやわぁ、どうしてたん?

あなた結構変わらへんねえ」

アイさんはボケているに間違いが無いのだが、非常にしっかりした口調でそう言って、またこれもしっかりした温かい手で私の手を包むように握った。そうして私の体をコート越しにポンポンと叩いた。

どうしよう、いっそこのままマミさんに成りすまそうか？

偶然私の母の名前も真美子さんなのだが。

「アイさん、ごめんなさい。私マミさんじゃないの。覚えていらっしゃらないかもしれないけど、ご近所に住んでいて、母からちょっとお菓子を作ったから届けて欲しいって言われて」

「あら、そうでしたん？」

アイさんは別に恥じ入る様子もなく、あっけらかんと長椅子に座り直した。私もその横に座った。

「これをどうぞ」

私は母の作ってくれた手作りのクッキーの小さな包みを渡した。

母は近くの教会に通っていて、時折こんな包みを自宅や教会で幾つも作って仲間の信者に配ったりするのだ。

「あら、マミさん、おおきに」

アイさんは軽くそれを受け取った。

「あっちにお茶があるんよ」

「あっ、じゃ、私入れてきます」

私は彼女が指さした給茶機に足を運んだ。


私がお茶を備え付けの小さなお盆に乗せて戻ると、アイさんはもう袋を開けて指を舐めていた。

「アイさんはいつからここにいらっしゃるんでしたっけ?」

私はお茶を勧めながら聞いた。

「ねえ、あなたほんまマミさんちゃうん?　だって瓜二つやない」

「えっ?」

「堺の女学校を出てからも、3回くらい会うたやない」

確かに母は堺の女学校出身だって聞いたことがある。

「アイさんは大阪のご出身なんですか?」

「なに言うとんの、マミさん、ややわぁ、東京言葉で・・」

私はまた完全にマミさんになってしまった。

もう面倒なので私もマミさんになって暫く話した。

でも彼女は本当に私の母の同級生かもしれない。

家に帰ったら母に尋ねてみよう。でも母も覚えているかしら？

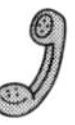

母は平田アイさんのことは覚えていないと言った。

二十年以上も前に出た同窓会の出席名簿を捜してくれたが、平田アイさんの名前は無かった。その時の集合写真も見せてくれた。

なるほど、写真の母の顔は私そっくりだ。でも平田アイさんらしき人は確認出来なかった。

今度は母の母校も訪ねなきゃならないのかな？　おぼろげにそう思った。

私はそのことを徹さんに報告した。コンピューターに報告してどこまで意味があるのか疑問に思ったが、なるべく徹さんが人間だと思って話した。徹さんは実に自然に受け答えした。

「ふーん、じゃ、その婆さん、春代ちゃんのことをマミさんと呼んだんだな」

「ええ、説明してもすぐまたマミさんに戻っちゃうんで、もうマミさんってことでずっと話をしていました」

「婆さん、どこに住んでいたって?」

「確か新天地とか。その後三宮のほうに引っ越したって・・」

「東京に来たのは?」

「本人まだ関西地区にいるつもりでしたよ。母の同級生かもしれないと思って、詳しい証拠になりそうなことを訪ねたけど、殆ど会話になりませんでした」

「とにかく婆さんは春代ちゃんのおふくろと同じ世代で、生きていて、大阪の出身らしいということだな」

「ええ、確かに生きてました」

「ふーん、ありがとよ春代ちゃん。じゃ世間話するか」

私はまだ徹さんに尋ねたいことがあったけど、多分とぼけられるか嘘の情報で混乱させられそうだったので止めておいた。


「ねえ、徹さん。以前私と食事しないかって誘って戴いたわよね」

「ああ、」

「あの時はお断りしたんだけど、私ちょっと徹さんに興味があるの。今度会って貰えませんか?」

コンピューターが私に会える訳が無い。

私は彼をちょっと困らせてやるつもりで、どう答えるのかを楽しみに待った。

だが、その答えにぶっ飛んだ。

「いいよ、光栄だな」

「えっ、本当にいいんですか？」

うそぉ！

「春代ちゃんは何が食いたい」

「な、何でもいいですけど、私、徹さんとお会いしたら、ちょっとゆっくりとお顔を見ながらお話したいな」

「ゆっくりとお話は毎日してるけどよ、顔を見んのは初めてだよな。

じゃ、懐石かなんかにするか」

ええ？　無理でしょ、どうすんの？

コンピューターが座敷に座れないでしょ。箸使えないでしょ。

「懐石、お願いします」

「任しとけ」

まさか、とは思ったが、徹さんはすぐ翌日に赤坂の高級割烹を予約して、私に場所を知らせてきた。

実際お店に着いてみると本当に高級そうなところで、普段着っぽい姿で来た私は後悔した。ＷＥＢでもっと事前情報を仕入れておくんだった。

「矢吹様のお連れ様の坂本様でいらっしゃいますね。こちらに・・」

和服姿の女将に奥の小さな座敷に案内された。

「矢吹様は少し遅れられるというご連絡を戴きましたが、先にお始めになられますか？　お飲み物はいかが致しましょうか」

遅れる？　遅れるどころか、きっと来ないよ、絶対来ない。

するとここは私が払うの？　やだ、勘弁してよ。

「い、いえ、矢吹さんをお待ちします」

何も出ないうちに帰れば、チャージも無いかしら。座っただけで5万とか言われたりして。

「それでは何かございましたら、そちらのスイッチでご連絡下さい」

「有難うございます」

来ないよ、来ない。どうやって来るんだよ。

しかし5分程して、廊下から和服女性の足袋のすりすり音と一緒に、重たい足音がどん、どん、どん、と響いてきた。

「矢吹様、お見えになりました」

そしてその人はぬっと現れた。

「よお、お待たせして申し訳ない」

そしてその男性はそのまま入り口付近に正座して、

「矢吹です。改めて」

と畳についた両手に額を重ねた。

「い、いいえ、さ、坂本春代です」

私はあわてて掘りごたつから足を抜いて、あたふたと正座し直して深々と頭を下げた。

「ほ、本日はお招きに預かりまして、有難うございます」

「いや、春代ちゃん、楽にして、楽に」

徹さんは数歩大股で座敷を横切り私の前に座りながら言った。

私は完全に呆気にとられた。それよりも何よりも驚いたのは、かっ、恰好いいー。

徹さんはメンインブラックのような装いをしていた。

黒のスーツに白いワイシャツ。細身の黒いネクタイ。

渡哲也を更にしぶくしたような人で、サングラスを掛けている。

どこか危険な男の香りが私の心を震わせた。

「春代ちゃんは、最初はビールでいいかな」

「・・・ええ、」

生の声がまたしぶくてびりびりしてしまう。

「じゃ、始めてくれ。それとビールを」

「かしこまりました」


女将が下がると、私はまた徹さんをまじまじと見てしまった。

物凄いオーラというか存在感。しまった身体に胸板が厚い。

あちらからもサングラスの後ろから私を眺めていて、口元にうっすら微笑みを浮かべた。

なんか、もう、どきどきする。

なんだか声も出せずに喉の渇きを覚えると、すぐにビールとお通しが運ばれてきた。

「じゃ、遂に顔を合わせられたことを祝して」

徹さんとグラスを合わせた。

これって夢?

私は徹さんがコンピューターだという話を少しの間忘れていた。

人間、どう見ても人間だよなぁ。グラスを口に運んでも、ぎーぎーする音は聞こえない。

「と、徹さん」

「なんだい?」

徹さんがやっと口を開いた私を見て、満面の笑みを浮かべた。

「あの、本当に失礼なんですが・・」

「ああ、」

「あの・・、サングラスとって戴けませんか?私、徹さんの素顔が拝見したくて・・」

広瀬香美の『ロマンスの神様』が耳の中に響く。

「・・・実はあんまり取りたくねえんだけどな・・」

そうなんだ。取ると下はターミネーターみたいな赤いマシンの目なのかな?

「い、いいえ、失礼しました。いいです、無理にとは・・」

「いや、他ならぬ春代ちゃんの頼みだから」

徹さんはサングラスをゆっくりと外した。

うっ、私は思わず口を押えた。

片目が、右目が何か凄いことになっている。

正視出来ない。潰れていることは確かだ。

目の縁全体も赤紫にただれたようになっている。

「もう、いいかな・・」

笑みを浮かべて徹さんがサングラスを元に戻した。

「ご、御免なさい」

私はちょっと目に涙を溜めて、赤面してうつむいた。

「いいんだ。以前は海賊がするようなアイパッチをしてた時もあるんだが、ありゃ目立つんでな」

「・・・で、でも徹さん素敵です。私が想像していたよりも、ずっと素敵な人。

お会い出来てよかった」

思い切ってそう言ってしまうと、また私の身体に電流が走った。

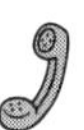

お皿が進んで、お酒が運びこまれてきた。
私は徹さんに御酌した。
「じゃ、春代ちゃんも」
断れずに戴いた。このお酒は生涯で一番美味しかった。
「春代ちゃんのお蔭であいつらともカタがついて助かってんだよ」
あいつらってヒデキさん、つまり村田教授のことだわよね。
私は頭がぐるぐるしてきた。
一体何が本当なんだろう。
目の前のこの人は誰？
あっちの村田教授や黒木さんのほうがニセモノだったの？
この人の世界とあっちの世界。
もういいや、徹さん。
私は自分に都合のいいことを信じます。

今はあなたが本当だってことを信じたい。

だって恰好いいんだもの！

徹さーーーん。


「さあ、」

徹さんがまた私にお酒を勧めた。

私はふと我に返って徹さんにも注いであげた。

さしつ、さされつ・・。

さされつ、さしつ・・

「とおるさん、まいにち、とおるさん、と、おはなし、してるけど、とおるさん、の、なまの、おこえって、す・て・き。　こんど、からおけ、いこお」

「いや、俺は音痴だからなぁ」

「ご　けん　そん」

酔った勢いで、ちょっとそっちに座っていいですかと、隣に寄り添いたい気がしたけれど、徹さんの危険な獣のオーラと、時折現れる女将の刺すような目線に、私は自重させられた。

私は徹さんにしなだれかかってその割烹を後にした。

かろうじてそのことは覚えている。

このまま徹さんが私をどこかに連れてってくれないかと期待したけれど、

「春代ちゃん、悪ぃ、ここで運転手に送らせるから」

と、黒塗りの車に乗せられるどさくさに、私は徹さんに抱きついて、ちょっとざらざらするほっぺたにキスしてやった。

9時7分過ぎの電話に私は飛びついた。
「はい、徹さん?」
「おいおい、『横浜アイウェアお客様ご相談窓口』じゃねえのか?」
「失礼しました。担当坂本が承ります」

「昨日は有難うよ」

やっぱり本当だったんだ！

電話のほうは違うことを言い出すのかと思ってた。

「いえ、徹さん、こちらこそ本当すっかりご馳走になってしまって、有難うございました」

「なんの、なんの、お粗末様さ」

「徹さん、今度お礼に私のほうからご馳走させて下さい」

「いや、いいよ、別にそんな気ぃ遣ってくれなくてもよ」

「いやーん、気ぃ遣わさせて下さいぃ」

うっ、隣の深谷さんの視線が私に刺さった。

「いや、本当にいいし、俺は夜は忙しいんだよ。

かたぎの人とも普通は食事なんかしねえんだ。昨日のは特別だよ」

「・・・そうですか」

深谷さんの白い目と徹さんの冷静な物言いに、私の頭のピンクの霧は少しだけ晴れた。

「気持ちだけ有り難く戴いとくよ」

「はい、戴いて下さい」

私はもう彼がコンピューターかもしれないという話はすっかり忘れていた。

若い頃ボーイフレンドと延々電話で長話して親を怒らせたことがあるけれど、なんかそんな感覚が私に戻ってきて、私は顔を上気させながら徹さんとの世間話を楽しんだ。

それにしても私は悩んだ。
このことを黒木准教授には報告すべきだろうか？
でもなんて報告すんの？「徹さんに会いました」ってか？
「春代さん、頭大丈夫ですか？」って言われるよ。だって私自身そう思うもの。
でも黒木さんなら何か説明出来るかもしれない。
黒木さんも恰好いいんだよなぁ。
でも私は徹さんのアブナイ獣の香りにいちころ、めろめろ。
黒木さんはその点ちょっとすっきりしすぎてんだよなぁ。
あの人も武道の達人らしいんだけど。
やっぱ徹さんがいいなぁ、とおるさーーん。

ああ、いけない。黒木さんか徹さんかじゃないんだよ。
報告するか、しないかでしょ。
報告したら矢吹システムを止められちゃったりして。
少なくとも私のところには連絡が来なくなるかもしれない。
いや、黒木さん、私はこの謎を身を挺して追求したいんです。
だからもっともっと矢吹を私にぶつけて、ぶつけて。
ああ、もうどうしよう。
とにかくもっと実物大矢吹に会いたいよぉ。

悩んだ挙句、黒木さんにはもう少し黙っておくことにした。
報告はいつでもできるからだ。でもどうすればあの実物矢吹にまた会えるのか?
その道への唯一の手がかりが、
「平田アイ」だ。

次のお休みの日、私は母を連れてアイさんの面会に行った。

「ああ、マミさん、マミさん、また来てくれたん?」

平田アイさんは大喜びで私の手を握った。

えっ、
だが顔色が変わったのは私の母のほうだった。

「あんた、ひょっとしてあっちゃんか? あのパーマ屋の」

私は母が関西イントネーションになるのを久しぶりに聞いた。

「え、お母さん、この人に心当たりあるの?」

「ええ、私の幼なじみ。『平田』って言うから分からへんかった。この子の苗字は『渡辺』や、
パーマ屋の娘」

母はアイさんの右手の甲を指して言った。

「この手のやけどの跡、分かる? 一度パーマの機械が故障してこの子は手に大やけどを負ったんや」

「マミさん、この人だれ?」

「あっちゃん！　あたしや、あたしがマミさんや。これはあたしの娘。わかる？　む、す、め」

母がアイさんに大声で詰め寄った。

「マミさん？」

アイさんは私と母の顔を見比べて、結局私にまた手を差し出した。

私はその手を握ってあげた。母がちょっと怖いようだった。

「アイさんはお母さんと同じ女学校だったたって」

「そうよ。ただし学年は下だけど」

母はもう東京弁に戻っていた。母の頭がしっかりしていることに改めて感謝した。

でも同時に母の表情は曇り始めた。

「どうしたの、お母さん」

「でも、何でこの人がここにいるのかしら？」

「どういうこと？　お母さんみたいに大人になってから東京に出てきたんじゃないの？」

「この子はね、確か二十歳くらいの時に忽然と姿をくらましたんだよ。噂ではどこかの国に連れてかれたんじゃないかって言われてた。ご両親が物凄く悲しがっていてねえ」

「どこかの国って北朝鮮？」

「ええ？　その頃は北朝鮮なんていう国はたしか無かったわよ。終戦後すぐだもの」

「マミさん・・・」

アイさんは差し入れたマドレーヌを食べながら、ご主人の顔色を伺うチワワのような目で私達を見つめた。

「この人はね、大変な美人だったのよ。パーマ屋小町って地元じゃ有名だったの」

うん、それは何となくわかる。だってこのお婆さん可愛いもの。

しわしわだけどとっても可愛い。なんかほっておけない感じ。

「それからもう一つ思い出した」

「何、お母さん」

「この子の名前は『アイ』じゃないよ。『アキ』だよ。渡辺あき。

だから言われても全然思い出せなかったの。どうして『アイ』なんて名前に変えられているんだろう」


『生きてるか死んでるか見て来てくれ』

徹さんの言葉が私に蘇った。

この人はなに？　「赤い靴」の亡霊？

どうして徹さんはこの人の消息を私に確認させたかったのだろう？

その晩、またちょっと変な電話を受けた。

「坂本さん、真藤です。ご無沙汰しています。

いえいえこちらこそ。・・ところで実は妻が坂本さんにお願いしたいという件があって、お電話したんです。今代わります」

真藤君は私の高校の同級生で、中堅証券会社の社長になった同期の出世頭だ。一度彼に迫られたことがある。

「春代さん、先日は有難うございました」

「玲子さん、ご無沙汰しております」

「ところで、本当に唐突なお願いで申し訳ないんですが、春代さん明日の午後はお忙しいかしら?」

「・・い、いえ。日曜の午後はごろごろしてようかと思っていましたけど、何かしら?」

「実はね、私達、夫婦で麻雀を楽しむサークルというのに参加していて、今年は大会の幹事を仰せつかっているんですが、実は明日参加するご予定のご夫婦のうち、奥様が手を怪我してしまって、出られなくなった方がいらっしゃるんです。で、そのピンチヒッターを捜しているんですが、春代さんは麻雀がお得意だそうですね。主人が学生時代に春代さんに負かされたって言っておりました」

「え、ええ。並べるくらいは出来ますけど」

私の父は麻雀が大好きで、友達を家に招いてよく麻雀をしていた。だが、時々人数が足りなかったり、遅れてきたりする人の埋め合わせのために、一人娘の私に小学生高学年から麻雀を仕込んだのだ。そして大人相手によく打たされた。これは本当に小遣いが掛かっていたので私は本気で覚えた。中学生になるとお客さんの中には私をメンツに指定する人さえいた。それが高じてか高校になると父はどこかに行って帰ってこなくなった。だから高校生の覚えたて初心者なんて当時は相手にならなかった。雀荘でバイトしようかと思ったこともある。


「強い方に限って『並べるくらい』って仰るのよ。主人は高校の時、春代さんに随分授業料をお支払したって申しておりました」

何を言ってくれるのよ。まあ、当時雀荘に出入りしていた女子高生なんて私くらいしかいなかったけど。本当は真藤君以外の男子がお目当てで行ってたんだけれどもね。

「あの頃の真藤さんは、覚えたての初心者でしたから。もうずっと打っておりませんし」

「春代さん、お願い。奥さんが出られなくなった方は本当に麻雀が大好きで、今度の大会をとても楽しみになされていたの。一つの卓が埋まらないとうまくトーナメントも組めないので、私を助けると思ってご参加戴けないかしら。結構美味しい食事も出ますし、景品も悪くないんです」

「で、お時間は？」

「大会は午後一時から七時で終了する予定なの。その後、お食事会と表彰式とかがあります。お願い、お願いします」

「ご夫婦同伴ということは、皆さんあまりタバコは吸われないのかしら？」

「ええ、皆さんマナーのいい方ばかりです。殆どが会社経営者のお集まりなんです」

「分かりました。いいですよ」

私は勿体ぶるのは嫌いだ。昔から麻雀のお誘いは殆ど断ったことが無い。最近はとんとお誘いがなかったし、副流煙に耐えられなくなっていることが唯一の懸念点だった。

「嬉しいわ、有難うございます。即答して下さるなんて、春代さんって本当に気持ちのいい方ね」

確かに昔の雀荘仲間にはそう褒められていた。女としてよりも誘いを断らない麻雀メンツとして引っ張りダコだった時期もある。

「では、明日の12時半に林がお迎えに上がります」

「ちょっと済みません。私はどんな格好をしていけばいいのかしら？」

「皆さん気のおけない方々なので、普段着でいらして戴ければいいのよ」

「はい、じゃあ、12時半にお待ちしています」

「誰かから変な頼みごとをされた時は注意するんだな」

徹さんの警告が私の頭をかすめた。まあ別に「変な」ってことも無いような気がするのだが。

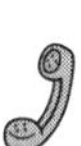

「坂本様、またお目に掛かれて嬉しゅう存じます」

「林さん、ご丁寧に有難うございます。本日は宜しくお願いします」

林の開けてくれた後部座席に乗り込むと、普通の車とは思えない心地良い芳香がした。

「すっごくいい香り」

「奥様が女性をお乗せする時には、香りに気を遣うようにとお申し付けになられましたので使ってみました。普段旦那様をお送りする時には背広に香りが移るので、この芳香剤は使用しておりません」

「そうなんですか・・」

「真藤夫妻は先に会場入りしております」

私はうっとりとして眠気がさしてきた。気が付くと林は某高級ホテル前に車を停めた。

「普段着でいらして戴ければ」、の言葉を信じてデニムの上着に革のスカート、ブーツ姿で来てみれば、これは何だ。

会場となるホテルの宴会場では、結婚式の二次会のように着飾った人達がシャンパンを片手に談笑している。私は気が引けて隅のほうで固まっていようと思っていると、玲子さんが私を見つけて、真藤君を引っ張って近寄ってきた。

「春代さん、お越しになって戴いて本当に有難うございます。困っていたんです、恩にきるわぁ」

彼女は私の肩を軽く叩いた。

「あ、あの、私、こんな格好で・・・」

「いいえ、すごく魅力的よ。ねえ、あなた」

「うん、皆さん着飾っている方もいらっしゃるけれど、この会は基本的にドレスコードはないし、どんな服装でもいいんです。玲子の言う通り坂本さん、恰好いいですよ」

「もうすぐ始まりますから、おくつろぎになって」

玲子さんはちょっときょろきょろすると一人の男性に走り寄っていった。

「本日のパートナーの方をご紹介しますわ」

集まりの中では少し若目に見える男性を連れてきた。

「富岡さんって仰る方。ＩＴ企業を経営していらっしゃいます。

富岡さん、こちら坂本春代さん」

「富岡です。本日は宜しくお願いします」

富岡は私に手を差し出した。何だかこの人の顔を見たことがある。

「坂本です。私は真藤さんのご主人の同級生で今回ピンチヒッターのお誘いを受けました。宜しくお願いします」

ああ、そういえばこの人テレビのビジネス番組に出ていたことがある。手を握りながら思い出した。

「坂本さん、」

富岡は私になんとなく体を寄せながら囁いた。

「僕ねえ、今日の大会には心に期するものがあるんです。前回のライバルへの雪辱を果たして、是非優勝しましょう！」

「ええ、富岡さんの足を引っ張らないように頑張ります。因みに前回のライバルの方って？」

「今回の幹事の二人ですよ」

「ええっ？　真藤君、いや真藤さんが？」

「前回の優勝者が次の回の幹事になるんですよ。特に奥さんがバケモノみたいに強いんです」

「ルールは一時間二十分の打ち切りで、チャイムが鳴ったら新しい局には入らないで下さい。予選半荘三回のパートナーの合計点で決勝卓を決定し、決勝は時間の打ち切りはありません。予選の点数は決勝には持ちこされません。

ルールや点数の良く分からない方は各卓にいらっしゃるコーチの方にお尋ね下さい。

それでは初めて下さい」

真藤君はアナウンスすると、自分も8つある卓の空いている席に座った。

「ロン、えっと、これお幾らかしら?」

私の対面の年配女性が手を倒した。タキシード姿のコーチ役の人が手を覗いた。

「タンピン・ドラ3・赤赤赤で倍満ですね」

なにい！　振り込んだ私は驚いた。まだ4順目なのに。この女性は和服を着ていて、牌をつもる仕草もぎこちない。特に袖が自分の手牌を倒しそうで見ていてはらはらした。

麻雀やるのに和服着るかしら？

しかしセレブの麻雀はツキが物凄く太いと聞いたことがある。

彼女は各５の数字に一枚ずつしかない懸賞の赤牌を最初から独占している。

「はい、１６０００点。凄ぉい、４順目なのに綺麗な手ですね」

私は点棒を彼女に払いながら、下家の富岡さんに謝るように目線を下げた。

「大丈夫、春代さん、これからです」

彼は左手の手先で、私の右手の甲をぽんぽんと叩いた。


確かにこのど素人おばさんの一発で私の心に火がついた。

ロン、５２００点
ツモ、１０００、２０００点
ロン、満貫（８０００点）
とりあえず三連発の上がりで失った分を取り戻すと、南場に入って、私のパートナーの富岡さんの捨て牌の片寄りに気が付いた。どうやら萬子の清一色を狙っているらしい。
私は頃合いを見て、自分が二枚持っているドラの三萬を一枚捨てた。

チー、
彼がそれを鳴くと、すぐに和服女性の旦那が彼の手に振り込んだ。

「ロン、清一・一通・ドラ・赤。親倍満で24000点です」

「点棒なし、トビです」振った旦那が言った。

「四卓終了しました」コーチ役が叫んだ。

「ナイスアシストです。絶妙のタイミングでしたね」

富岡さんは笑顔で本当の妻のように私の肩を引き寄せた。

最初の半荘は富岡ペアのワンツーで終了した。

でもこの大会はパートナーの合計点数で決勝卓への進出が決まる。残りの7卓が終了して、合計順位が計算されると私達は16チームのうちの3位であることが判明した。

「とにかく上位4位以内をキープすればいいんですね」
「そういうこと。でも麻雀は勢いですからね、次もワンツー狙いますよ」

富岡さんは気を抜くなと言いたげだった。

次のペアも旦那の方はどこかで見たような人だった。

女性のほうは、この旦那の妻にしては若すぎて助っ人風だった。

「富岡さん、大会の点数だけじゃつまらんから、この半荘は我々だけで握りますか」

「喜んで。一対一ですか、それともチームでですか」

「チームでお願いします。レートはピンで」

「了解」

富岡さんは相手と力の籠った握手をした。

「坂本さん、あっちは女流プロです。頑張りましょう」

頑張りましょうって、勝手に決めないでよ。

ピンってこの人達のピンっていうのは千点百円のことじゃなくて、千点千円なんだろうなぁ。

箱（3万点）を割ると5万円の負けかぁ。

多分私は払わなくてもいいんだろうけど、嫌だなぁ。あっちはプロの助っ人だし。

この対決も初っ端に富岡さんの長打がさく裂したが、その後は女流プロの細かい上りと、男性の粘りで点数は接戦となった。

終盤に入り富岡チームの一・四着、相手の二・三着。私はラス。

やっと私にも満貫級の手が入ったところでチャイムが鳴った。

「この局で半荘を終了して下さい」真藤君のマイクの声が響いた。

自分もやっとテンパイし、リーチを掛けた。待ちは四萬・七萬。

しかし、すぐに富岡さんがロン牌の四萬を出してしまう。

上がれない、上がると私は二着になるが、富岡さんが三着まで落ちてしまう。チームとしてはマイナスだ。だから見逃した。リーチ後に見逃すともう他の人からは上がれない。

女流プロは七萬を出した。当然上がれない。上家の男性は四萬を出した。

ああ、もうダメだ。これが最後の局なのにどうしてリーチなんて掛けてしまったんだろう、私のバカバカ。

と、思ったら次に引いたのが七萬。

「リーチ一発ツモ・タンピン・ドラ一。6000オールです」

「すげえ、何てヒキだ。一巡で上がり牌4枚かよ。ラス牌だぜ」

相手の男性が呆れていた。

これで私のトップ、またしても富岡ペアのワンツーで終了した。

「はい、これが春代さんのさっきの取り分」

「いえいえ、とんでもないです。だって私が負けたら払うつもりがありませんでしたから。リーチも私のミスですし」

負けたら払うつもりありませんでした、をなにげに強調した。

「いや、勿論負けてもあなたに払って貰うつもりはありませんでしたよ。それにリーチ一発で春代さんの上り牌出してしまった僕のほうが余程ミスです。いいから取っておいて下さい」

「はあ、」

貰った封筒の中身を見て驚いた。50万円近くある。ピンはピンでもデカピンってやつだったんだ。

言葉だけは聞いたことがあるが。

「あの、もう、こういうの困るんですけど。プレッシャーかかるし」

「気にしない、気にしない。いいプレッシャーってやつですよ」

富岡さんは私の背中を叩いた。私達のチームは現在のところ総合2位だった。

三回目の相手は真藤夫妻だった。どうやら点数を平均化するために、上位は上位同士ぶつけるらしい。

真藤夫妻は暫定1位だ。今回も玲子さんが絶好調らしい。

富岡さんは真藤君と固い握手をしていた。どうやらまた握ったらしいが、私は見て見ぬ振りをした。


半荘が始まると、真藤君がすぐにポンポン鳴きだした。

カン、
真藤君がツモった牌をポンの4枚目に加えた。

私は父から鳴いた形からはむやみにカンをするなと教えられた。

ドラが増えて他の人に乗ってしまうからだ。リーチをされれば裏ドラの数は倍になる。

現に真藤君のカンで私の手のドラは2枚増えた。これで上がれれば満貫になる。

カン、
また真藤君がドラを増やした。不用意な奴だなぁ。もうテンパイしているのかしら。

今度の新しいドラは富岡さんがポンしていた牌に乗り、彼はいきなりやる気になったようだった。

リーチ、
ここで玲子さんが牌を曲げてリーチ宣言した。

私に振っても、富岡さんに振っても満貫以上なのに果敢な人だ。

富岡さんが場に2枚捨ててある南をツモって、そのまま河に捨てた。
ロン、
玲子さんが手を倒した。
リーチ一発、七対子
玲子さんが裏ドラをめくる。
ドラドラドラドラ
呪文のように裏ドラを数えた。
「親倍、２４０００点ですね」
富岡さんが降参するように手を上げて点棒を支払った。
ふーん、さすが真藤君、そこまで奥さんのツキを信頼しているのか、やるな、と感心した。

富岡さんはこれで残り１０００点となり、トビ寸前となった。

次の局も富岡さんの手は悪そうで、苦悩が顔に出ていた。

リーチ、
局の終盤で親の玲子さんのリーチが掛かった。

あとツモは4回ほどだが、ツモられれば富岡さんのトビでゲームは2局で終わってしまう。

それだけでなく富岡さんが終局時にテンパイしていなければ、二人テンパイの場合ノーテン罰符を1500点払わなければいけないので、これもゲームが終了してしまう。

カン、
真藤君がを暗カンした。よくカンする奴だなぁ。もうドラは有っても無くても同じなのに。それを見て富岡さんの表情が更に曇った。多分は必要牌なのだ。

私のツモ番。私はツモ牌を無視して玲子さんにも危険だがを手の中から切った。

チー、
でその牌をチーした富岡さんに安堵の表情が見えた。とりあえずテンパイはしたらしい。

ノーテンでの終局危機は去った。

真藤君が安全牌を切り、玲子さんも一発はならなかった。

私がツモったのは。これを手に入れて安全牌を切り手を崩す。

その後玲子さんも3回ツモれずで流局となった。

その間私がツモったのは、、北。富岡さんがチーしなければ全て玲子さんのツモる筈の牌だ。

テンパイ、
流局で玲子さんが手を開けると、・待ちだった。

テンパイ、

富岡さんは形式テンパイで一応テンパイ料の1500点を補充した。

「そのチーで富岡さんをテンパイさせられただけじゃなくて、私の上り牌も吸い取られちゃったのかしら」

玲子さんが私の顔を見て言った。

「い、いいえ、私、オリるのに精一杯で・・」

結局、真藤ペアは玲子さんの最初の一発が効いてこの半荘を制した。私はかろうじて二着に入り、真藤夫妻の一・三着、富岡組の二・四着でこのゲームは終了した。富岡さんが真藤君に幾ら払ったかは知らないが、私はプラスなのでマイナス減らしには貢献した筈だ。

富岡ペアは少しのマイナスになったが、一、二回戦の貯金が効いてなんとか総合4位に留まり、決勝進出することが出来た。

決勝を前にして私が化粧室に入ると、バッグの中の携帯が鳴った。

「よう、春代ちゃん、賭博法違反やってやがんな」

「と、徹さん、どうして・・」

「言ったろう、蛇の道は蛇ってやつよ。一つお前さんに忠告しときたくてな」

「な、何ですか？　貰ったお金は返せって？」

「貰ったのか？」

「い、いえ、ノーコメント」

「そんなもん貰っとけよ。そんな話じゃねえよ。決勝のお前さんの相手なぁ、一人バッジ着けてる阿呆がいるけどよ、そいつからあんまり上がるんじゃねえぞ」

「何ですか、誰ですか、それ？」

「そんなの知らなくていいよ。とにかくバッジの男から上がるとひどい目にあうぞ、それだけは忠告しておく」

そう言って徹さんは一方的に電話を切った。

そこに玲子さんが入って来た。二人でお化粧を直しながら尋ねた。

「ねえ玲子さん、決勝の相手でバッジ着けてる人って知ってる」

「えっ、ああ、井上参議院議員のことね」

「どんな人？　ちょっと問題ありみたいに聞いたんだけど」

私は声を潜めて聞いた。玲子さんは他に人がいないか辺りを見回した。

「本人は麻雀が強いって思ってるらしいんだけど、ただ強引で勝つまで止めないだけの人。負けるとレートをどんどんつり上げて、相手をビビらせて勝つんだって。製紙会社の御曹司だからお金はあるの。この会にも飛び入りで強引に参加してきたのよ。決勝に出たのもまぐれ。あんな人を優勝させると次回幹事になって他の皆が困るから、春代さん、こてんぱんに打ちのめしてやって」

「いえいえ、鬼退治は玲子さんにお任せしますよ」


決勝卓は変則ルールで4組8人のペアが一席ずつに座る。

男女どちらかが席に座って、もう一人は後ろで見ているのである。

打ち手は1局毎に交代する。しかし上がった人はそのまま次の局も交代せずに打ち続けることになっている。決勝に残れなかった他の人達も殆どは後ろで観戦している。

決勝に進出したのは、まず真藤夫妻、経済評論家の勝又夫妻、井上議員ペア、そして私達富岡ペア。

真藤夫妻の先発は玲子さん、勝又夫妻は有名経済評論家である奥さんの方、井上議員、そして富岡さんがそれぞれ席に着いた。

最初の局は、親の玲子さんのリーチを井上議員が強引に安手で蹴った。それにより、真藤君と無名の勝又夫、それから私が交代して席に着いた。上がった井上議員は続行である。

私にはえらくゴージャスな配牌が来た。富岡さんが身を乗り出してそれを眺めた。

[發]と[中]が対子、[白]も一枚あり、残り8枚のうち、5枚が萬子。

でも私の耳の奥には徹さんの忠告が響いていた。

そこで私は[發]と[中]をいきなり鳴いた。これで[白]を三枚持って上がれば、いわずと知れた役満の大三元。[白]二枚で上がっても小三元、混一色のハネ満が見えている。

いくら井上議員が強引でも、少しは自重するだろう。

局の中巡くらいに、私の手は、

[白][白][二萬][三萬][四萬][五萬][六萬]　[發][發][發]　[中][中][中]　でテンパイした。

[一萬]・[四萬]・[七萬] 待ちで出ればハネ満の12000点である。

すると井上議員がえらく迷った挙句、いきなり[白]を切り出した。

うわっ、

ギャラリーからも声が上がった。何人かは顔をしかめた。

当たり前である。□が私からポンされれば大三元のテンパイが確定し、鳴かせた人には責任払いが発生する。麻雀を少しでも知っている者であれば切るべき牌ではない。

私はポンをしなかった。

後ろから富岡さんが見えない角度で私の腰の辺りをつついた。

「因みに責任払いの規定はどうなっているんですか？」

私がツモ牌に手を伸ばす前に、勝又夫がコーチ役の黒服男性に聞いた。

「役満をツモ上りされた場合には確定牌を鳴かせた人が全ての払い。他の人が役満に振り込んだ場合には、その人と折半払いになります」

私はツモ牌に手を伸ばした。

責任払いを確定させて、上がってしまうと当然井上議員の怒りを買うだろう。ハネ満ツモのほうが無難だ。上がれない役満より、上がれるハネ満とか言い訳も出来る。

私が持って来たのは三萬だった。

ここで私は手の中から二萬を切り、

□□三萬三萬四萬五萬六萬にして、待ちを□と三萬のシャンポンに変えた。

□が出れば大三元の役満だが、いくらなんでももう出ないし、三萬も既に一枚場に出ていて上がれる可能性は低い。元々□待ちにするならば、井上議員の牌をポンすればいい。

こういう方針のブレることをすると普通は絶対に上がれないものだ。

私は背中で富岡さんの不満をひしひしと感じていた。

私は手を入れ替えたところも井上議員にしっかりと見せた。


二人が安全牌を切って、また井上議員がツモった。そして彼は苦笑いをした。

そこで議員は一度ツモった牌を手の中に入れたのだが、思い直したように、またそのツモ牌に手を掛けた。

「□を二枚持ってたら、さっき鳴いたよね。俺も勝負手なんだ」

まさか、お前私が手を入れ替えたのを見ていたろう。

そこで彼はまた□を捨てた。

うわぁ、このバカ！　私は叫びそうになった。

おおっ、
とギャラリーが叫び、仕方ないので私は手を倒した。

「ロン、大三元です」

井上議員は憮然として席を立ち、立ち去ってしまった。

本来なら決勝にトビはなく、点数ゼロ以下の箱割れになっても継続する筈だったようだが、真藤君が素早く立ち上がり、

「優勝者が決定しました！　皆さん拍手を」

と叫んだ。富岡さんが立ち上がって、ちょっと当惑気味の私の手を掴んで高々と差し上げた。ギャラリーが皆祝福してくれた。

表彰式で私はコメントを求められたのだが、上がってしまって何を喋ったのか良く覚えていない。代わりに富岡さんが熱のこもった長いスピーチをした。
「いやあ、女房が手を怪我してくれて良かったよ。はい、これが君の決勝の取り分。役満ご祝儀も入ってるから」
裏で富岡さんがさっきの数倍ある分厚い封筒を差し出した。
「いえいえいいえ、もう結構です。さっき充分に戴きました」

「そんな、だって殆ど君一人の活躍で勝ったのに。次回の大会も僕とのペアでお願いしますよ」

「いえいえいえ、次回は是非に奥様とお願いします。今回はただのピンチヒッターのまぐれ当たりです」

「そんなこと言わないで、これも受け取っといてよ」

「いえいえいえ、それほど仰るんでしたらさっき賞品に戴いた絨毯みたいなの下さい。こちらは富岡さんがお収め下さい。それから私はもう失礼します」

「ええ、そうなの？　これから君が主役なのに」


会場では麻雀卓が片付けられ、大会後のパーティーが始まっていた。

私は真藤君と玲子さんを捜した。

「玲子さん、玲子さん。私今日はもうこれで失礼します」

「ええ？　何かご用事がおありなの？　皆さんあなたとお話がしたいって仰っているのに」

「ええ、ご用事があるんです。正直場違いな格好で居心地悪いし」

「そうなの？残念だわ。　じゃ、林を呼びますから」

「いえいえ、電車で帰りますから」

「ダメダメ。春代さんには鬼退治までして貰ったし、そんなお荷物もお持ちじゃない。ちょっと待ってらして」

私は優勝賞品の古い絨毯をトートバッグの大きなものに入れて下げて持っていた。セレブの麻雀大会だから、あんまり商品がいいとスキャンダルになって問題があるのだろう。商品はさるチャリティーオークションの残りだと言われていた。私は二位の商品の大きな古伊万里風のお皿のほうが欲しかったが。

「いえいえ、本当に慣れてますからお構いなく。ご主人様に宜しくお伝え下さい」

忙しそうに会場を切り盛りしている真藤君を横目に私は会場をそそくさと離れた。

しかし廊下に出て、喫煙所のたまり場を横切ろうとした時、私は腕を掴まれた。

「坂本さん、だったよね」

彼の息はタバコ臭くも酒臭くもあった。

「井上議員」

「ねえ、これからさっきの雪辱戦に付き合ってくれないか?」

「いえ、私はちょっと用事があってもう失礼するところだったんですよ」

「つれないこと言わないでよ。勝ち逃げは許さないよ。さっきの役満祝儀もたんまり貰ったでしょう」

「いえ、私は辞退してこの絨毯だけ戴きました。どうぞ雪辱戦は富岡さんとなさって下さい」

「ダメだよ。あんな屈辱的は負け方を大勢の前でさせられたんじゃ、雀士としての俺のプライドが許さないよ。勝ち逃げは許さない」

このバカ、何が雀士としてのプライドよ。だったらまともに打てっつーの！

「私みたいな初心者のビギナーズラックにたまたまお振込みになられても、雀士としての誇りにいささかも傷はつきませんよ」

私の腕を放さない井上議員に段々とブチ切れそうになって、絨毯を置いてハンドバッグで彼の頭をぶっ叩こうかなと思った瞬間、

「坂本様、お捜し致しました」

と林さんが遠くから声を掛けてくれた。

「奥様からすぐご自宅にお連れするように言われておりましたので」

「ええ、すぐにお願いします」

小走りに駆け寄る林に私は笑顔で答えた。

「お話中にお邪魔致しまして大変申し訳ございません」

林に頭を下げられて、井上議員は私から手を放した。

「これはお持ちします」

林さんは絨毯のバッグを運んでくれた。

「坂本さん、あんた横浜アイウェアの社員なんだってな」

井上議員が私達の背中越しに叫んだ。何でそんなこと知ってるんだろう。私は振り返って丁寧にお辞儀をした。議員は意味ありげに笑っていた。

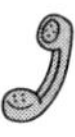

月曜日は珍しく9時5分に電話が掛かって来た。

「おはようございます。横浜アイウェアお客様ご相談窓口担当坂本が承ります」

「坂本様でいらっしゃいますか？　参議院議員井上寛治の秘書でございます。今、井上と代わります」

げっ、徹さんじゃないの？　代わらなくていいよ。

「坂本さん？　井上です。昨日お約束した再戦のアポを取りに電話しました」

約束なんかしてないわよ。

「井上様、わざわざお電話有難うございます。お聞きの通り、私は一介のコールセンター嬢に過ぎませんので、井上議員のお相手を務めさせて戴くには、世界が違いますのでご遠慮させて戴きます」

「ダメダメ、僕はね、一度負けた相手には、絶対雪辱するってのが僕の流儀なの。言った通り勝ち逃げは許さないよ」

「井上様、普段私は麻雀は打ちませんし、昨日のはたまたまですので、あまりお気になさらなくても・・」

「じゃ、何かい、僕はど素人に打ちのめされたって言いたいの?」

ええそうよ!

すると隣の電話が鳴りだした。

隣の席の深谷さんが泣きそうな顔をして私を見つめた。

9時7分に鳴る電話は誰もとろうとしなかった。

電話はずっと鳴り続けている。

「井上様、大変申し訳ありませんが、私には業務がございますので、私的な案件に関しては後程お掛け直し下さい」

「・・・・」

井上議員は何か言っていたが、私は電話を切って、鳴っている電話に出た。

「おはようございます。横浜アイウェアお客様ご相談窓口担当坂本が承ります」

「随分待たせたな、春代ちゃん」

「徹さん、御免なさい。朝っぱらから変な電話を掛けてくる人がいて、私、徹さんだと思って出ちゃったんです」

「井上議員だろ」

「・・さすが何でもお見通しですね」

「あいつに勝っちまったのか」

「ええ、あのバカ、發中鳴いている私に□を出して大三元振り込みました」

「・・そいつはどうしようもねえな」

「ええ、だって後ろで同じチームの人や他の参加者が見ているんだもの。上がらないとズルになっちゃう」

「で、あいつに絡まれてるのか」

「ええ、勝ち逃げは許さないんですって。まああんなのなら何遍やっても負ける気がしないけど」

「やめとけよ、相手にすんのは」

「徹さんが追っ払ってくれますか?」

「お前さんに絡んだらやくざが出てきた、なんて噂が広まったら困るだろう」

「まあ、そうですね」

「じゃ、世間話すっか」

私は少し気が引けたが、昨日の麻雀大会について徹さんに色々と話してしまった。どんな人がいただとか、どんな手で上がったかだとか。徹さんにそんな情報入れたら、後で真藤君に迷惑が掛かるかもしれなかったけど、私は井上議員の態度に腹が立っていたし、あの場違いな世界について語りたかったので、延々と喋ってしまった。

もう一つ徹さんと話をしたかったことがある。

それはあの「平田アイ」さんについてだ。

だけど私の心の片隅の何かが、私にそれを止めさせた。

あっちのほうが何かもっと踏み入れてはいけないもののように感じていたからだ。

その日の午後、井上議員からは直接電話が掛かってこなかったが、代わりに社長から呼び出しを受けた。
「坂本君、急に呼び出して済まない」
「はい、社長、何でしょう」

「君、井上寛治参議院議員って知ってる?」

やっぱりその件か。

「ええ、昨日知り合いから参加を頼まれた麻雀大会で同席しました」

「彼を負かしたんだって?」

「まあ、負かしたっていうか、向こうが勝手に自爆しました」

「僕ねえ、彼とは何ていうか、ギャンブル仲間なんだよ」

社長はちょっと顔を曇らせた。バカはバカラ友達ってか。

「あの人が君を連れてきて欲しいって言うんだ」

「ええ、私もあの人に再戦を申し込まれましたが断りました」

「どうしても連れてきて欲しいって言うんだよ」

「だってあの人と私と住む世界が違うでしょう」

「そういう君に負けたのが屈辱的らしい。一介のコールセンターガールに」

「別に私には関係ありません。バカ雀士のプライドなんて」

私は社長に背を向けて帰ろうとした。

「・・実は僕はあいつに借りがあるんだよ」

社長は苦々しげに言った。

「それでどうしても僕と一緒に行って欲しいんだ。あいつとの再戦に。まあ君は嫌だと思うが」

「嫌ですよ、勿論」

「でも、お金は全部僕が出すんで、今回は一緒に行って貰えないか？お願いします。一度だけでいい」

社長は私に深々と頭を下げた。

この人は井上議員にどんな「借り」があるのだろう？

「分かりました。でもまた負けたから、また来いってのは無しですよ」

「そう向こうには約束させる」

議員というのは暇なのだろうか、徹さんに相談する間もなくすぐ、当日の晩議員の指定するホテルの一室で対戦することになった。
「坂本さん、渋ってたようだけど、やっと来てくれて嬉しいよ」
「まあ社長のお言いつけとあれば仕方ありません。でも今回だけで勘弁して下さい」
「ええ、そのつもりですよ」

つもりっていうのは、私を負かすつもりってことだろう。

「じゃ、ルールを説明しよう」

卓には既に一人美しい女性が座っていた。見るからに素人ではない。

「社長に持って来て戴いたお金は、そちらでチップに変えさせて貰いました。２００枚あります。東風戦を行って、獲得点数は関係なく、一位がチップ４枚、二位が２枚、三位がマイナス１枚、四位がマイナス５枚を取り合う。

但し、三位・四位で負けたチームはそのチームの判断でそれ以降のゲームのレートを倍にすることが出来る。一度倍にしたレートは元には戻せない。席順はそれぞれ女性同士、男性同士が対面に座る。

もう一つの特別ルールは、相手のチームから上がられた場合、坂本さんか、あちらの女性が服を一枚脱げばその上りを無効に出来るというルールです」

はあ？　何それ？

「脱いだ服は当人が相手チームから上がれば、また一枚着ることが出来ます。但し上がった点数を貰うことは出来ません。点数を取るか、服を戻すかは当人の判断ということで」

なんて悪趣味な・・。

「あちらの女性はともかくとして、私みたいなおばさんを脱がして何か面白いんですか？」

「あくまで本気でやって戴くためのインセンティブですよ。それに服は服でなくても、イヤリング片方でも靴片方でもＯＫです。普通の女性なら身に着けているものは20点近くはあるでしょう。次に小さな手を上役満を上がられてもイヤリング一つでチャラに出来るならいいルールでしょう。次に小さな手を上がって戻せばいいんです」

なるほど、このルールには別の目的がありそうだ。

「時間制限は開始から12時間。制限時間前にチップが尽きて、服もそれ以上脱ぐことが出来なくなれば、その時点で降参を宣言して貰えれば終了です。わざと長考して時間稼ぎをするのはペナルティで一枚脱いで貰います。何か質問や要望がありますか」

社長は私の顔を眺めた。私は口を開いた。

「ええ、私から一つご提案があります」

「聞きましょう」

「脱ぐのはそちらの女性ではなくて、井上議員ご本人ということでいいかしら。こちらはそのまま私で結構です」

「面白い、受けました」

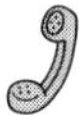

東風戦というのは、4人のプレーヤーに親が2度ずつ回る半荘と比較して、親が一度ずつしか回ってこない形式で、要するにゲームの回転が2倍速いのだ。早ければ15分くらいで終了してしまう。これを12時間行うということは40回以上のゲームがあるということになる。

社長は結構大きめのカバンを重そうに持っていた。あれがチップ200枚に相当するとすれば、一枚10万円ということになる。お金は小切手かなにかにすればいいのに、こういうのは現金でやりとりするものなのだろう。

私は身に着けているものをざっと勘定してみたら、16点くらいある。これが全部ワイルドカードとして使えるのなら悪くない。最悪下着姿になる前に降参を宣言すればいいのだ。

それにしてもこんな変な勝負を受けなければならないうちの社長って普段何をやっているのだろう？　それに相手のほうもこんな変な勝負に慣れたような感じで気持ちが悪い。

午後7時に勝負は開始された。明朝7時までということである。

徹マンは昔何度も経験している。部屋にはそれらしい栄養ドリンク剤も何本か用意されていた。

4人が席に着いた。私の左手側（上家）には議員、右手側（下家）には社長が座っている。最初のゲームはサイコロで議員の親から始まった。私の対面の女性は、議員の次に私のツモ番なのに、自分が牌を取ろうと手を伸ばした。麻雀は確かに反時計回りで間違いやすいのだが、とてもこんな大勝負に連れてくるような腕前の人には思えなかった。要するに単なる「脱ぎ役」だったのだろう。今ではその役にも立たない。

私は緊張していたが、最初の2回のゲームはあっけなくこちらの勝ちだった。

と、いうか何か雰囲気が変だった。あれほど負けず嫌いの議員がちっとも悔しがっていない。それどころか口元に笑みをたたえている。つまり自分の思い通りに進めている様子だった。どうも相手チームはわざと負けているのだ。

確かに負けるのはたやすい。

三・四着を2度続けた井上組はレートの倍アップを2度宣言した。

これで賭けのレートは一位がチップ＋16枚、二位が＋8枚、三位が▲4枚、四位が▲20枚となった。

四位のマイナス20は２００万円に相当する。

最初の2ゲームで私達の累計獲得チップ数は18枚。でも一度三・四着になればその貯金は吹き飛んでしまう。要するにこれが相手の戦略なのだ。倍プッシュってやつだ。

このようにレートを倍倍にしていくと、それまで幾ら負けていても一回の勝ちで全てを取り戻すことが出来るのだ。

あと、相手が3度三・四着を続けてレートアップすれば、掛け金は今の8倍、つまり三位は▲32枚、四位は▲160枚。この時、三・四位で負ければ一回で二千万円近く失う。

そこでもし勝ったとしても、その次は四千万円の賭けになってしまう。二千万円しか持って来ていない私達は、2回連続の負けが許されなくなるのだ。


私はここで一度トイレ休憩を宣言し、社長を引っ張り出して一・二着を目指し、相手の三・四着を阻止するように戦略を確認し直した。

レートを今の1ゲームで200万円くらいに維持しないと、下手をすると一回で数千万か億単位の勝負にすらなり得る。


ここからは勝負は麻雀ではなく頭脳ゲームのようになってしまった。

東風戦、4回の局のうち、最初の3局は誰も上がろうとしない。

最後の局オーラスだけ私達は一・二着になれる上りを目指すのだが、相手にはその制約が無い。全部流局すると席順で相手が三・四着になってしまう時もある。相手に一・二着を取られても、それはそれで痛い。

しかも社長はこういう変則ルールに慣れていないせいか、不必要な上りを連発してしまう。

「だっていい手だったから」と彼は言う。

このゲームに点数は意味ないってことを彼は分かっていない。

そして20ゲーム余りが消化され、夜半を越える頃には、レートは
一位＋２５６　二位＋１２８　三位▲64　ラス▲３２０　にまで吊り上げられていた。もうチップの数が足りないので、十と百単位のチップが使用され始めた。

ラスの支払いは三千二百万円である。

私達のチップは６００枚以上に増えてはいたが、それがあまり意味を持っていないことは明白だった。

ここで止めたと言えば四千万円の勝ちなのだろうが、勝負は正にここからでタイムリミットまでまだ7時間弱もあるのだ。

ゲームのレートが千万単位になると本当の対戦になった。相手は本気で一・二着を取りにき始めた。

ところがこっちにはまだ相手を三・四着にはしたくないハンデがある。

ロン、

オーラスで私はこちらを一・三着に確定する会心の上りを議員から決めた。

すると井上議員は、自分のカフスを一つ外して卓上に投げた。

「はい、これで今の上りは無効。俺達の一・三着で終了だな」

うっ、そういうことだったのか。

２５６引く64の１９２枚、千九百二十万円分のチップが相手側に移動した。

最初に説明されたルールのうち、最もさりげなく言われた、

「席順はそれぞれ女性同士、男性同士が対面に座る」

というのが一番のキモだったのだ。

ところが私は「脱ぐ」ほうに気を取られて、ランダムに席替えをするという主張をしなかった。今更変更は認めないだろう。

全員がまったく上がらなかった場合には、順位は最初に親になった者から左回りの席順で決まるから、必然と一・二と三・四がそれぞれのチームに割り当てられる場合が必ず来る。

相手から自軍への上りは服を脱いで無効に出来る。しかもこっちの社長の頭は弱い。

まだ6時間以上ある。

絶体絶命じゃん。

私は気分が悪くなってトイレ休憩を取って貰った。あと一回負けると殆どチップが無くなってしまう。

とにかく相手の上りは阻止しなければならない。

それでも一・二着にはなりたくない。

それでいて一・三着か二・三着を目指さなければならない。

方法としては、自分が社長から上がって一・三着か二・三着を確定しなければならない。相手からでは上りが無効にされてしまう。

どうしよう・・どうしよう・・・。

頭から血の気が引いてきた。もう席に戻りたくない。

めまいを覚えながらも化粧室から出ると、急に表からドアがノックされた。

私が耳を近づけると、外からはルームサービスだと声がする。

「そんなもん誰か頼んだか?」

「お夜食でございます。僭越ながら、ホテルのGMからの心づけでございます。タオル類も交換させて戴きます」

議員はいぶかしげにしたが、運びこまれたオードブルや高級寿司と目覚ましドリンク剤を遠慮なく口にした。

それを運び込んで来たボーイが、素早く私に二つ折りのメモを手渡した。

「どなたかがこれを坂本様にお渡ししろと」

ボーイは私に小声で囁いた。

私は化粧室に入り直してメモを開けてみた。

洗面台にはさっきまでは無かった紙包みも置いてある。

徹さん・・・。

徹さんの伝言を読んだ私の頭には少し生気が蘇ってきた。

「じゃ、再開しましょう」

私のほうからそう言った。

サイコロを二度振って、この回は私が出親となった。

今回も全員が消極的だった。最初の3局は全て流局してオーラスとなった。

このまま終了すれば、座っている順の通り、私・社長・美女・議員で着順が決定する。

ここから議員が私達にとどめを刺しにきた。

ロン、
議員が社長から上がった。

「これで俺達の一・二着だな」

私はそこで、ハイヒールを片方脱いでみせた。

「いいえ、これで無効です。私達の一・二着ですね」

「いいのか？　それで次回のレートは倍になるんだぜ」

「仕方ないですよね。負けるよりはいいもの」

議員は鼻で笑った。

とうとう脱ぎだしたか。じっくり丸裸にして泣いて詫びを入れさせてやる。こいつらに億単位の勝負をする度胸がある訳がない。

私達のチップは700枚以上になったけれど、レートは
一位＋512　二位＋256　三位▲128　ラス▲640

まで跳ね上がった。結局いつまで経っても連続2回の負けには耐えられないのだ。そしてまだタイムリミットまで5時間半もある。


次の回は議員が出親となった。

最初の局は私が美女から上がった。しかしそれを議員がもう一つのカフスで無効にした。

一応私の親の連荘となり、今度は美女が社長から上がった。

それは私がもう片方のヒールで阻止した。

次の局も私が早い手で議員から上がった。すると議員はそれを片方の靴で阻止した。

三局目は美女が私から上がった。私は髪留めを外してそれを無効にした。

そしてオーラス。結局のところ全部上りは阻止されたので、着順は座っている順番通り議員・私・社長・美女となっている。

ここで私は議員から早くて小さい上りを決めた。点数は関係ない。とにかく着順だけで決まるのだ。

早い安いうまいが信条。

「こちらの一・二着ですね」

議員は少し考えた。何かで阻止しても我々の二・三着でマイナスには出来ない。レートを倍にしたほうがプレッシャーになる。

「本当にいいのかよ、またレートは二倍だぜ」
「だから言ってるでしょう、負けるよりはいいって」
私達のチップは１５００枚以上になったけれど、レートは、
一位＋１０２４　二位＋５１２　三位▲２５６　ラス▲１２８０
勿論連続２回の負けには耐えられない。そしてまだ5時間以上ある。

遂に社長がビビって私を化粧室前に呼んで問い詰めた。
「坂本君、君自分のやってることが分かってんの、今一回三・四着で負けると1億5千万円以上の支払いになるんだよ」
「社長、あそこにあるチップはあと一回負ける分まではもちます。その一回負けたら、すぐに降参して戴いて結構です。でも私がたとえ全裸になっても、一回負けるまでは絶対に降参しないで下さい」

次の回、そして次の回も同じような展開が続いた。
誰かが上がってもそれぞれに一枚脱いで打ち消される。
万年筆・ネクタイ・ハンカチ・時計・指輪・財布・名刺入れ・上着・ベルト
イヤリング２個・スカーフ・ネックレス・指輪２個・ブローチ

こうなると普通に上がることはあまり意味を持たない。

そこで皆まずテンパイすることに必死になり始めた。誰も上がらずに局が終了した時にテンパイしていなければテンパイしている人に罰符を支払わなければならないからだ。この失点で勝負が決まってしまう。

ここでは最初の席順が私達に幸いした。私は社長の上家にいる。だから私は社長の手に必要そうな牌を捨ててチーさせることが出来る。ところが議員の上家の美女にはそこまでの技量が無い。議員や美女が局の終盤でそわそわ焦ってテンパイしていなさそうな時は、上がれる牌が出てもわざと見逃して流局させテンパイ料をせしめた。

そしてオーラスで私が上がりを決めて、二回連続一・二着になった。相手はその都度レートを二倍にした。

これで我々のチップは6000枚以上、レートは
一位4096　二位2048　三位▲1024　ラス▲5120
である。これで負けると幾らになるかはもう考えたくもない。

だがここまで来て、流石に相手も異変に気が付いた。

議員の着ているものは、既にワイシャツ・アンダーシャツ・ズボン・パンツのみ。私はまだブラウスもスカートも脱いでいない。似たような格好だが中身の厚さが違う。
時間はまだ5時間近く残っている。

この回は社長が出親となった。
ここで私は怒涛のラッシュを見せた。
私が上がる。議員がワイシャツを脱ぐ、
私が上がる。議員がアンダーシャツを脱ぐ、
私が上がる。議員がズボンを脱ぐ、
私が上がる。議員はさすがにパンツを脱ぐのは躊躇した。
ざまあみろ！
議員は遂に最後まで脱げずに点棒を払った。この時点で着順は、
私、社長、美女、議員。
そしてオーラスは流局して私達の一・二着。
「まだ、レートアップしますか？」
「当然だ」議員は言った。

そりゃ当然でしょうよ、そうせざるを得ないんだもの。

レートアップしなければ3回以上連続で勝たないと私達を倒せない。

しかし、これで我々のチップは１２０００枚以上、レートは、
一位８１９２　二位４０９６　三位▲２０４８　ラス▲１０２４０である。

ここで私は聞いた。

「議員、今ラスを引いたら幾ら払うのですか?」

「十億円以上だ。坂本さんよ、その意味が分かってんのか?

お前らは2回連続負けると十億円払って貰うことになるんだよ」

「ええ、充分分かってますよ」

私は平然と答えた。徹さんのアドバイスが効いていたからだ。

「あそこに十二億円分以上のチップがありますからね」

私はチップの山に指を指した。

「だから一回は負けることが出来るんです。その一回負けたらギブアップするかどうかを考えますよ」

「ばっきゃろう、そんな都合いいことが許されるか。ギブアップってのは一回分二・四着の負けを払って成立するんだよ。一度負けたら負けた分払って、ギブアップするなら更に十二億円払って試合終了だ。丸裸になってお詫びして貰えば、十億円にまけてやってもいいが」

そ、そんな・・、今頃そんなこと言い出すなんて。

都合のいいこと言ってんのどっちよ！

私は怒りと絶望で涙が溢れそうになって社長の顔を見た。

彼は歯噛みして目を閉じて震えている。

土下座して、私にも裸で土下座させて、ここで勘弁して下さいと謝るのだろうか。


だが彼は急に眼を見開いて言った。

「分かったよ、井上さん。続行しよう。我が家でも何でも担保に入れる」

社長・・。私はこの人が男らしいことを言うのを初めて聞いた。

「お前さんの家に十二億の価値があるかは疑問だな」

私の頭から絶望が去り、怒りだけが込み上げてきた。

「人の懐を心配するのは、それこそあのチップが無くなってからにしたらどうですか。

ところで井上議員、あなたこそ負けた時払うことが出来るんですか？」

私の言葉に議員は一瞬躊躇したが、強気で答えた。

「馬鹿野郎、俺が誰だと思ってるんだ」

「そうですか。でも、私は少し疑問を持っているんで、チップではなくて次に負けた時のお金をそこに積んで貰えませんか?」

議員は絶句した。そしてまだ強気で言った。

「じゃあ、小切手書いてやる。十二億円の小切手。これでよかろう」

彼は小切手にサインしたものを私に投げてよこした。


そして次のゲームが始まった。

議員にとってはアンラッキーなことに、また私の出親だった。

議員が最初の局を制したが、私はスカートの中からストッキング留めを外して阻止した。

次の局は美女が上がったが私はスカートの中からもう片方のストッキング留めを外した。

次の局も議員が上がったが、私は片方のストッキングを脱いだ。

そしてオーラスは私が議員から安くて早い手を上がった。これで我々のチップは24000枚以上になった。さすがに美女の顔が曇った。

まだ4時間以上ある。

私は再度尋ねた。

「議員、まだレートアップしますか?」

もしレートアップすれば一位16384　二位8192　三位▲4096　ラス▲20480である。

つまり、もし三・四位で負ければ24億円以上払わねばならない。

「議員、言っておきますけど、私はまだ5枚くらい着ています。あなたは私達の一・二位を阻止できますかしら?」

議員は本当に絶句した。

「議員、申し訳ありませんが、次は小切手ではなくて現金をそこに積んで戴けますか? 私はそこに25億円積まれるまで寝ながら待っています。お金を準備する時間は終了時間を延長して戴いて結構です」

私は麻雀卓を離れ、スイートルームの長椅子に横になった。

「お、俺をなめるなよ。俺が誰だと思ってる」

議員がまた同じことを吠えた、でも声のトーンが違う。

私は長椅子に横になったまま言った。

「あ、そうですか。現金並べてから言って下さいね」

大したものだ。真夜中だというのに小一時間で銀行員がジュラルミンケースを幾つも運んできた。

私はそれを全部開けて確認した。本当に大したもんだ中身は全部一万円札だ。

議員もバスローブを羽織ってそれを眺めた。


「じゃ、再開しましょうか。バスローブはそのままお召しになって戴いて結構ですよ」

私が言った。

「でも、先に告白しておきますけど、さっき私は今着ているのは5枚くらいって見栄張って言っちゃったけど、良く考えてみたら両目に付け睫毛とコンタクト、正直言えば両胸にパットも入ってるし、ガードルも着けてました。そういえば、どんなに安い手でも一度上がりさえすれば、また着直すことも出来るんですよね」

美女の顔が真っ青になってきた。議員もさすがに頭を抱えた。

私がサイコロを一度振り、二度目に振るのは議員の番になった。

「どうしたんですか？　早くサイコロを振って頂けませんか。

遅延行為の罰は一枚脱ぐって決まりでしたよね」

バスローブの下はパンツ一枚の議員を見て、部下数人を指揮していた銀行の支店長らしき人が状況を察して頭を振った。

「すぐ終わりますから、またこの倍の数のケースを運んできて下さいね」

私は銀行員達に微笑んだ。

「お、お前、さっきトイレで着込んだろう！

ああ、ズルは許さねえぞ、こんな勝負はチャラだ、チャラ」

立ち上がって、私の首を絞めようとした井上議員を銀行員達がさすがに制止した。

「あっ、そう。要するにギブアップってことですね」

もう議員は固まったまま何も言わなかった。

「じゃ、これは戴いておきます」

私はサインのある小切手を見せた。そしてそれを社長に渡した。

「社長、あっちの残ってるチップはお遊びのコインですよね」

「ああ、そうだな」


窓の外が明るくなろうとしていた。

こんなのちっとも麻雀対決じゃないじゃん。

何が雀士のプライドよ。ただのチキンレースじゃない。

『強気で一・二着を取り続けろ。頃合いを見て見せ金を要求しろ』

私は徹さんからのメモを思い出していた。

でも、今頃になってちょっと怖くなってきた。

帰りの車の中で社長は言った、

「この半分は君のだよね」

小切手を見せられて、私は首を振った。まだ体が武者震いのようにわなわなしている。

「いえ、別にそんな大金実感が湧かないし、怖くて貰えませんよ」

私は社長の顔を見た。

冷静に考えれば、議員が下着姿になった時点でもう負ける筈はなかった。

それでもこの人が続行を告げなければ勝利はなかった。そのことに感謝した。

「でも、もしそれが会社の役に立つのなら、一つお願いしたいことがあるんです」

「ああ、それは？」

「それで会社が助かるのなら、例の『アラフィフ狩り』はもう止めて戴けませんか。私達は長い間会社に尽くしてきました。それがあんなごろつきとのチキンレースみたいなもので脅かされているとしたら、とっても情けなくて悲しいことです」

「・・・面目ない」

「もし社長がこれからも自分の稼いだお金でお遊びをお続けになりたいのなら、今日勝ったそのお金で充分でしょう？　自制心に自信がないのなら、私がそれを半分預かっておいて、半分無くなったらお小遣い管理してあげてもいいですよ」

「いや、今夜ので充分目が醒めたよ。醜態を見せて申し訳なかった。君の言う通り、会社に長く貢献してくれた人達を追い出すような真似はもう止める。責められるべきなのは俺なんだよ」

社長は膝に手をついて、体を震わせた。


「お電話ありがとうございます。横浜アイウェアお客様ご相談窓口担当坂本が承ります」

「随分稼いだそうだな、春代ちゃん」

「徹さん、・・・徹さんのお蔭です」

「お前さん初めて俺のアドバイスに耳を貸したな。奴から上がるなと言えば大三元をぶち当てる。これ以上相手にすんなと言ってんのに対決をしにいく。どうして反対のことばかりするんだよ。だからケツに火がつくんだよ」

「あれは仕方なかったんです。徹さんのお言いつけを私は守りたかったのに。・・・ご心配かけてご免なさい」

「怖くねえのか、あんな連中が」

「怖い？　あんなのちっとも怖くないです。徹さんと比べれば」

「ほお？」

「徹さんとお話してるとね、なんだか逃げ場のないところに追い詰められるの。だからもう徹さんに支配されているような気持ちになって。でも私にとってはそれがとっても怖いけど心地いいような気持ちもするの。それが怖いの。

あんな議員なんて、技量もないくせにただお金の力で相手をねじ伏せようとして、ちょっと思惑が外れると、もう動揺がありありと見えて虚勢を張ってますます自分を大きくみせようとして、最低だわ。あんな奴の思い通りには絶対にならない。

ねえ、徹さん、またお会いしたいです。助けてくれた御礼をさせて下さい」

「助けたって、お前さんが自分で脱出しただけだろう」

「ううん、怖くないって言ったけど、私本当は怖かったの。

あなたの送ってくれたメモと、あなたの用意してくれたものを身につけたから平気になれたんです。

でなきゃあんな何億も掛かった勝負なんて出来る訳ない」

私はなぜか目に涙が滲んできた。

「ねえ、徹さん、お会いしたいです」

「そいつぁ、無理だな」

「どうしてですか?」

「俺はさ、春代ちゃんの言う通り、誰かを追い詰めて、俺の操り人形にすることを商売にしてるんだよ。だけど操られてる連中の殆どは春代ちゃんみたいに『心地いい』なんて感情は持たずに、それがとてつもなく心地わりいのさ。毎日毎日糞を顔に塗られているみたいにな。だから俺のことは消えて欲しいんだよ、一刻も早く。

そのためには、いつどこに俺が現れるかを知っていれば、あの料亭ごと吹き飛ばすような爆弾を仕掛ける奴だっている。でも俺のことは消すことが出来ない」

「どうして?」

コンピューターだからって言うのかな?

「俺を殺せば、いや殺そうとしただけで、俺の知っている秘密が世間にばら撒かれたり、他の一番都合の悪い奴に情報が渡されることを奴らは知っているからさ。

そんな相手はどうすると思う?」

「さあ?」

「どうにかして俺の弱みを探ろうとする。俺のバシタや、バシタって分かるか?」

「うろ覚えですが、奥さんのことですか？」

「そうだ。俺にバシタやガキがいれば、そいつをさらって泣き声を電話から聞かす。そのうち歯や耳や指までが届く。だが俺にはバシタやガキなんていない」

「・・・・」

「だからちょっとでも仲良くしてそうな奴がいれば、代わりにそいつをさらって、同じことをする。で、その時俺がどうするか分かるか？」

「・・・さぁ」

「無視する。反応すれば奴らの行動は更に過激になる。俺に対しての効果が確認されればされるほど、捕まえた人質は絶対に解放されない。『勝手にしな』って言うだけさ」

「・・・・」

「だから俺と『仲がいい』なんて勘ぐられないようにするんだな。この前の女将だって、妙に俺達のことを観察していやがっただろう。あんなでかい店は女将自らなんてずっと出て来やしねえよ」

「・・そうなんですか？」

「ああ、そうだ」

「・・ねえ、徹さん、私、私、指がなくなってもいいから徹さんに会いたいの」

私は急に泣き声で訴えた。自分でも意外だった。

「なんだ、どうしたんだよ春代ちゃん。らしくねえな」

「分かんない、分かんないけど、私は徹さんに会いたいの。

ずっと、ずっと電話で話をしていて、電話が掛かってこなくなってから刑務所にでも会いにいこうかと思った。最初はやな人だったけど、実は心の優しい人だって。

あなたのことを実体の無い人だから絶対に会えないって言った人もいるの。でもあなたに会えた。

それでやっぱりあなたは本当に人だって。

だからあなたの存在をもう一度確かめたいの。何度でも確かめたいの。

どうして私がピンチの時に、どこからともなく助けてくれるのか分からないけど、あなたが神様なんじゃなくって本当に人間だって。

私は、あなたが・・」

「分かったよ」

好きなんですと告げる前に徹さんは私の声を遮った。

「分かったから。会える時間を設定する。準備がいるから少し待ってくれ」

「本当に?」

「ああ、本当だ」

「本当に、本当ですか?」

私は鼻水を流しながら繰り返した。

「くでえな。あんまりしつっけえと、気分が変わるぞ」

「あ、ああ、御免なさい、お願いだからお気持ちを変えないで。分かりました。有難うございます。ご連絡お待ちしています」

午後に社長からまた呼び出された。

「また、払う払わないで揉めたんですか?」

「い、いやそうじゃない。そこに掛けて」

社長は長椅子を勧めた。

「これを君に」

社長は何かの鍵とメモを私に渡した。

「それは銀行の貸金庫の鍵だ。これは金庫の管理番号」

「私の提案したお小遣い管理をやっぱりしろと?」

「いや、そうじゃない。それは井上議員から送られてきたんだ」

「えっ?」

「彼はね、今朝電話を受け取ったんだそうだ」

誰からかはすぐに想像がついた。

「電話は彼のお父さんからだったそうだ」

「つまり製紙会社の創業者?」

「いや、創業者の2代目だが、実質的に巨大企業に成長させたのはそのお父さんだ。今は会社の会長だよ。でもそのお父さんも別の人から電話を受け取ったらしい」

ああ、やっぱり出てきた。

「僕も電話を受けたことがあるけど、あの矢吹さんって一体何者なんだい? 彼はあの晩のホテルの中の会話を全部録音していて、会長に書き下ろしたものを送ってから電話してきたらしいんだ」

「そうなんですか。実は私もあの勝負の最中に彼からのメモを受け取っていたんです」

「じゃあ、君があそこで勝ち続けて相手にレートを吊り上げさせたのも・・」

「ええ、矢吹さんのアドバイスに従ってのことです」

「どおりで、凄い度胸だと感服したが。じゃ、あの勝負も矢吹さんと最初から打ち合わせてたの?」

「いえ、彼は私の知らない間に監視してたんです」

「一体何者なんだ、あの人は・・」

社長は彼との会話を思い出したように身震いした。

「どうも、その会長とも前から知り合いだったらしいんだ」

「良く分かりません。私も彼に利用されているのかもしれません」

社長は震える手でタバコに火を点けた。

「井上議員は彼からひどく叱責を受けたらしい。それでこの件をこれ以上他の人に口外しないで欲しいと何度も言われた」

「勿論口外しません」

「実は僕は彼に億を越える金額を例のあの手で負けて貸し付けられていたんだ。あいつは勝てば勝ったで、あの調子で再戦だと言う。それで負けても金はすぐにとらないんだが、借りは残ってしまって。でも昨日のでそれも完済して、充分におつりが来た。

それは昨日僕らが取らなかったチップの分なんだ。君に渡して欲しいと」

「私に?」

「そう会長に言われたそうだ。多分矢吹さんのクレームだろう。負けたんだから潔く綺麗に払えと。ギブアップ料は勘弁してやると」

「つまり・・」

「十二億円以上がその貸金庫に入っている。全部君のものだ」

「まさか、」

「とにかく、これはもう君に渡したから。あとはどうしようと君の勝手だ。もし君のところにあの矢吹さんから連絡があったらそう伝えておいてくれ。僕は君に渡したと。もうあの人からはフォローの電話を受け取りたくない」

「分かりました」

「じゃ、これはもう君に」

社長は鍵を載せた私の手を両手で覆って固く握らせた。

えんがちょ切った。子供の頃よくそう言った。

何か汚いもの、不吉なものを他の人に渡して、自分はもう絶対に受け取らないぞっていうような意味につかった。

えんがちょきーった、鍵飲んだ。社長の態度はそんな感じだった。

社長からえんがちょ受け取ったその日の帰り、ちょっと寄り道して私はもうルンルンだった。お金もそれなりに嬉しかったけど、何より徹さんにまた会えるかと思うと胸が高鳴った。何を着ていこうかな？　そうだ玲子さんに貰った仕立券もあったな。ちょっと使うのが勿体ないような気もしてたけど。私もう十二億円も持ってるんだから。

本当にそんなものがあるのかしら。見に行ってこようかな。

今回も和食かな、やっぱり徹様には和食がお似合いだけど。

フレンチとか洋食ならドレスだって何でも素敵なものが買えるし、
そういえば靴とかネックレスとかも要るなぁ。その前にエステに行ってこようかな。

セクシーな下着とかも要るかしら、きゃっ。

徹さんに何かプレゼントもしたい。

ああ、もう、これからどこに行こうかしら？

そういえばまだ会社に勤めてる必要があるのかな？

徹さんに新しい電話番号を教えればそっちに掛けてくれるかしら。

帰り道をくるくる踊るように歩きながら私の頭はバラ色だった。

ふと、それを遮るようにバッグの中の携帯が鳴った。


「もしもし、えっ、お母さん？」

「春代、私今日、あの渡辺あきさんのお見舞いに来ていたの。そしたら・・」

「そしたら・・どうしたの？」

「そしたら・・・、ちょっと電話では話せないから、これからあのケアハウスに来てくれない？」

「電話で話せないって、お母さん、ちょっと・・」

母の電話は急に切れた。

嫌な予感がして、私は普段使わないタクシーを呼び止めた。

私がケアハウスに到着して、受付に向かおうとすると、すぐに2人の外国人に取り囲まれた。
「サカモトさん、デスネ」

「ええ、そうですが」

2人とも白人で身長が2mくらいありそうな巨漢だった。私の頭は彼らの胸くらいにある。それで人数は2人でも「囲まれた」感じがする。

「ワタシタチはロシアタイシカンのものです。アナタのおかあさんにおハナシをウカガウためにイッショにきてクダサイ」

二人のうちの一人が大使館のIDを私に見せた。本物かどうかは私には判別出来ない。

「母は今どこにいるのですか?」

「ソコにいらしゃいマスヨ」

確かに母は、すぐ傍のラウンジのソファーにもう一人の大柄な白人女性と一緒に座っていた。

「あっ、春代」

母が私を認めて手招きした。

「渡辺さんとお話していたら、この人達が急に割って入ってきて、私から話が聞きたいから大使館まで来て欲しいって言うから、心細くなってあなたを呼んだの」

「母に何の御用ですか?」

私は傍の白人女性に尋ねた。

「済みません、ここではお話しづらいので、外に車を待たせてありますから、それで大使館までご足労戴けますか?」

女性のほうは流暢な日本語で私に返答した。

「どうしても今日じゃなければいけないんですか、日を改めて貰えませんか?」

「ええ、大変申し訳ありませんが、今からお願いしたいのです」

「平田アイさんも同行されるのですか?」

「いえ、特に彼女はお連れしません」

「どういうお話なのですか? 弁護士か何か呼んだ方がいいですか?」

「いえ、あなた方には何も問題がありません。ただお母様に平田アイさんとのことをお伺いしたいだけなのです」

「だったら、今日でなくても」

「それが、どうしても急を要するもので・・・」

二人の男が有無を言わせない感じで私ににじり寄った。

白人女性が丁寧な態度で私にお願いした。

「どうか、お願いします。簡単にお話をお聞きしたら、すぐにご自宅までお送り致します」

私は仕方なく頷いた。私が携帯を取り出すと、3人の間に緊張が走った。

「どうか、申し訳ありませんが、他へのご連絡はご遠慮下さい」

私は仕方なくもう一度頷いて、携帯をバッグに仕舞った。

私達は外の駐車場に停めてあった大きなセダンの後部座席に乗せられた。確かに車には（外）のマークのついた青いナンバーが付けられていた。

白人女性は前の助手席に座って、

「45分程で到着しますから、それまでごゆっくりなさって下さい。何かあれば私にお申し付け下さい。私はタチアナといいます」

と私達に言うと後は黙っていた。

「お母さん、どうなってるの？」

「分からないよ。私はただ渡辺あきちゃんに焼いたお菓子を届けようと思って持って来て、お喋りしようかと思ったんだけど、やっぱりあの子は私が誰だか分からなくて、お菓子は食べてらしたけれど、会話らしい会話にはならなかったわ。

それで帰ろうかと思っていたら、この外人の人達が3人来て、話を聞きたいから一緒に来てくれって言われたの。ちょっと私困って、怖くなったからあなたに電話したの」

「そう、」

もうそれ以上のことを聞きだそうとしても母を困らせるだけかと思って止めておいた。母ももう80歳を超えている。

私はもう一度こっそり携帯を取り出して、誰かにメールでも打とうかと考えた。でも、誰に話したらいいだろう。徹さんが一番いいのだが、電話番号を知らない。

他の人なら、社長か真藤君、または警察？

仕方ない、ここは黙って言うことを聞いて、さっさと解放されることを祈ろう。

念のためハンカチを取り出す振りをしてハンドバッグの中の携帯を覗いてみたら、電波が妨害されているのか、アンテナが全然立っていなかった。

それでいて前の席でタチアナは何事かを携帯電話で連絡していた。

車は確かに夜のロシア大使館に滑り込んだ。

ここは私が電話を受け取った場所からそれほど離れていないので、ここに来るんだったら最初からそう言って下さいよって感じだった。使ったタクシー代が勿体無い。

実際そのことを口に出してみたら「済みません、お車代は後程お渡し致します」という答えが女性から返ってきた。

私達２人はタチアナと大男２人に連行されるようにして建物の中の会議室のようなところに案内された。廊下ではもう２人が待ち構えていて、彼らは私と母とを別の部屋に入れたそうにしていたが、どうも彼女がそれを拒否したようだった。


「大変申し訳ありませんが、お話をお聞きする前に、これを着けて戴きたいのです」

タチアナが丁寧に頼んだ。幾本ものコードが付いたバンドが２つ。

「大丈夫です。ここから電気が流れたりしませんから」

私は仕方なくまた頷いた。

テレビの番組では見たことがあるが、どうやらそれはポリグラフ（嘘発見器）のようだった。私達はバンドを頭と腕とに巻いた。


「では、質問させて戴きます」

タチアナが質問表のようなボードを手にして言った。

「まずお母様の真美子様にお尋ねします。失礼ですがあなたはお幾つでいらっしゃいますか？」

「えっと、81、いや先月で82になりました」

タチアナはポリグラフを横目で見た。

「平田アイさんのことはどこで知りましたか？」

「娘がケアセンターに私の名前で娘を呼ぶ人がいるので会いに行かないって言ったので一緒に会いに行きました」

「では春代様にお聞きします。あなたは今どこにお勤めでいらっしゃいますか？」

「横浜アイウェアという会社です」

タチアナはポリグラフを見た。彼女は答を元々知っているようだった。

「春代様は平田アイさんのことをどこで知りましたか？」

「ある人から聞きましたが、お名前を出すのは控えさせて下さい。個人情報ですから」

タチアナは眉を上げた。

「構いません。その人は平田アイさんに春代様に会いに行って欲しいと依頼されたのですか？」

「ええ、そんなところです。でもそれ以上の詳しい内容についてお話しするのは控えさせて下さい」

「分かりました。先ほどのお母様のお話では、平田アイさんは春代様のことを別の名前で呼ばれたんですね」

「ええ、私のことをマミさんと呼ばれました」

「それをお聞きして今度はお母様をそこにお連れしようと思われた」

「そうですね」

「またお母様にお尋ねします。平田アイさんにお会いになった時に彼女のことをどう思いましたか?」

「どう思うって、どういうこと?」

「平田アイという名前以外の人だと思われたんですよね」

「そう、私の子供の頃からの知り合いで近所のパーマ屋の渡辺あきさんだと思ったの」

「どうしてそう思われたのですか?」

「だって手の甲にやけどの跡があるし、娘の頃の面影があるもの」

「本当に渡辺あきさんだと思いますか?」

「そうだと思うけど、結局あの人からその名前を聞いていないし、話も通じなかったから、もう誰でもいいわ。私はひょっとして昔話が出来るかと思って彼女に会いに行ったの」

「春代様にお伺いします。あなたはあの人を誰だと思いますか?」

「私は渡辺あきさんに会ったことも無いし、平田アイさんか渡辺あきさんかだなんてことは、私にとってもどうでもいいことですね」

「平田アイさんに会いに行って欲しいと頼まれた方にはそのことをご報告されたのですか?」

「そのことって何のことをですか?」

私は少し気を落ち着けるために、質問を返した。

「平田アイさんと言われる方はお母様の幼なじみの渡辺あきさんかもしれないということをです」

「さあ、良く覚えていません。平田アイさんにお会いしたら、彼女が認知症っぽかったこと、私のことを『マミさん』って呼んだこと、はお話したように思います。後は良く思い出せないし、無理に思い出して詳しいお話をお伝えする気もありません」

タチアナはポリグラフに見入っていた。

「・・結構です」

彼女は承諾を求めるかのように部屋の隅のカメラを眺めた。

「これで終了です。ご協力有難うございました」

「ねえ、これって何のために行われたのですか？　あの平田アイさんは犯罪者か何かなのですか？」

私は我慢出来なくなって尋ねた。

「いいえ、犯罪者ではありません」

「じゃあ何故？」

タチアナはまた承諾を求めるかのようにカメラを眺めた。

「平田アイさんはロシア国籍のある別の方かもしれないのです。人道的な観点からそれを調査しておりました。ご家族かもしれない方からの依頼によってです。あなたが仰られたと同じように私達もそれ以上の詳しいお話は出来ません。ご協力には本当に感謝します」

そう言ってタチアナは私達を自宅に送り届けてくれた。別れ際に渡された封筒には私の遣ったタクシー代の倍くらいの額が入っていた。

「おはようございます。横浜アイウェアお客様ご相談窓口担当の坂本が承ります」

「・・・・・・」

「徹さん？　いえ、お客様、もしもし、お客様のお声がこちらでは聞こえないのですが？　お客様、出来ればもう少し大きなお声でお話し戴けますか？」

「・・・・・・」

「もしもし、こちらの声はお聞こえになられていますか？　大変申し訳ございませんが、音声不良の様子でございますので、一旦回線を切らせて戴きます。ご迷惑をお掛けして申し訳ございません」

電話はまたすぐに鳴った。

「はい、お電話ありがとうございます。横浜アイウェアお客様ご相談窓口担当坂本が承ります」

「おはよう春代ちゃん、のっけからで悪いが、今日は一つゲームをしようじゃないか」

「徹さん、おはようございます。どんなゲームですか?」

「俺の言うことに『はい』か『いいえ』のみで答えるんだ。それ以外の応答をしたらバツが一つ。バツが三つになったらデートの約束はキャンセルだ」

「そんな・・」

「ブッブー、これでバツ一つだ。まあこれは練習ということでカウント外にしといてやるよ。こっからは『はい』か『いいえ』だけだ」

「はい、」

「そうそうその調子、こんなことでデートをふいにしたいかい?」

「いいえ」

「さすが春代ちゃんだ、飲み込みが早いじゃねえか」

「ありがとうございます」

「ブッブー、これでバツ一つ。褒めるとすぐこれだ。俺が何を言っても気を抜くんじゃねえ」

「はい、」

「この電話は盗聴されてるんだ。それが分かったからさっきは何も言わなかった」

「はい、」

「でも俺の言うことは盗聴や録音されても雑音しか出ないようになってるんだ。そのことは知ってるな」

「はい、」

「だからお前さんが意味のあることを何も言わなければ何を話したのかは分からない。俺の言うことを良く聴くんだ」

「はい、」

「会うのはあさってだ。だがいかにも『今日会います』みたいな特別な格好をしてくんじゃねえぞ」

「はい、」

「そのための変な準備や買い物もするな。あくまで普段通り通勤しろ」

「はい、」

「会社が終了したら、携帯電話は事務所に置き忘れたことにして身に付けずに出てこい」

「はい、」

「会社を出たら、斜め向かいのコンビニに入って、そこのコピー機に取り忘れた原稿が挟まっているから、その指示に従え」

「はい、」

「何か質問は？」

「いいえ」

「いい子だ。じゃ、あさっての晩を楽しみにしているよ」

「はい、私も。これってまだバツ二つめですよね」

その午後はどうしても気になったので、半日のお休みを戴いて貸金庫を見に行った。これが本当なら会社の勤務時間なんて気にしている必要は無い。
貸金庫なんて使ったことが無いので、窓口がどこにあるのかも分からなかった。初めてなので身分証の提示とカードの作成を求められた。要するに貸しロッカーみたいなものだと思うのだが、それよりは結構重々しい。
私のイメージでは、壁一面に小さい鍵の掛かった引き出しみたいな金庫が並んでいる部屋を想像していたのだが、この銀行の場合には、暫く待っていると、小さな個室に通された。そこには一つの金属の箱が既に置いてあった。
「では、その鍵で中をご確認戴き、終了しましたらそこのボタンを押してご退出下さい」

そう言って銀行係員はドアを閉めた。

箱はそんなに大きくない。この前25億円分のジュラルミンケースを見たが、その半分が入る容量とはとても思えない。大きなつづらくらいあるのかと思っていたが、映画に出てくるような昔の大工さんの道具箱くらいのサイズだ。鍵を差し込んで開けてみた。

おおっ、
確かに手前のほうに結構現金が沢山詰まっている。これって一千万円の束かしら、通称レンガってやつだ。

ひゃー、手が震える。それらがどんと3個入っている。

それからなんかばらばらした一万円札の束。

幾らだか全然ちゃんと数えてなかったけど、一応残ったチップを全部きちんと換金してくれたようだ。ぱらぱらしてるように見えたけど、これでも二百数十万円ある。

すごっ、
その奥に筆入れのような木の箱があり、開けると中には商品券大の紙の束が入っていた。

一億円の小切手が12枚。

すごっ、
本当じゃない、本当よ、

やった、やったぁ。

私はバラになっていた数十万円の束を掴んで、一度やってみたかった札束紙ふぶきを自分の頭の上に降らせた。

それからふと我に返って、机の下に屈み込んでそれらを拾い集めた。格好つけて要らないなんて言っちゃったけど、やっぱこれ貰えることになってよかったぁ。なんか涙が出ちゃう。

そしてちょっと悩んでから、結局その数十万円のバラの分だけを私の財布に入れて、入りきらない分はポーチに入れて、またしっかりと鍵を掛けて、終了ボタンを押した。

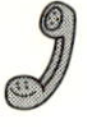

翌日は徹さんからの電話は無かった。

私の午前中は空っぽだった。そしてそれが私を不安にさせた。

明日の晩会えるのに。

もう休みにしようかな、だって十二億円あるもの。

電話を取ろうとしてもミホちゃんや深谷さんが我先に取ってしまう。

平田アイさんに会いに行こうか？　ダメだな、きっと徹さんに怒られちゃう。

あの人は一体何なんだろう？　ロシアからの亡命者？

最近のことがあまりに現実感なく、どろどろと回って回想される。

「普段通りにしろ」と徹さんからは言われた。

だから帰りたくても帰れなくて、机に突っ伏して眠ってしまいたかったけれども、それすら出来ずに
ぼーっとして午後を過ごした。

午後も一本だけ電話を取ったけれども何を話したのか覚えていない。

終業のベルで反射的にすくっと立ち上がって職場を後にした。

帰りにしらっと向かいのコンビニに寄って、コピー機がどこにあるのかを確認した。


「ただいま」

「あら、早かったねえ」

母は先に夕食をとっていたが、立ち上がって私の食事を準備してくれた。

「あっ、いいよいいよ、私自分でやるから」

「いえ、すぐよ」

言葉に甘えて私は食卓に着き、母が並べてくれる料理を眺めた。箸を取り出して自分でお茶を入れた。

それから何となく引き続きうつろな気分でそれらに箸をつけた。

美味しかった。母の作ってくれるものはいつも美味しい。

「あっ、そういえば明日は夕食要らないから」

「そう」

母は少しいぶかしげに私を見ている感じがした。

「お母さん、」

「どうしたの?」

「私ねえ、ちょっと臨時収入があったんだ。今度どっかに旅行でも行かない?」

「うん?」

母は更に怪訝そうな顔をした。私達は別段仲良し親子でもなかった。いつも何かお互いにやっていることが忙しくて、一緒に旅行に行こうなんて言い出したことも無かった。だからそれが奇異に聞こえたのだろうか?この前のロシアのこともあるし。

「いや、別に私はいいよ。チップちゃんだっているし」

「チップは、守が面倒見ればいいじゃない」

「守なんていつ帰ってくるか分からないもの」

部屋の隅で丸くなっていたチップが俺のことかとちょっと頭をもたげた。ポメラニアンのチップはもう老犬だ。母の一番の理解者かもしれない。

「いいのよ、別に私に気を遣わなくても。臨時収入があったのなら、あなたが自分の好きなことにお遣いなさい」

「そう、」

今日のところは無理強いせずに黙っていることにした。私には遣いきれないほどのお金があることを。あなたは女手一つで私を育ててくれた。私が守を育てたと同じように。

確かに普通の臨時収入だったら、私の欲しい物、食べたい物に遣ったのかもしれない。でも今は親孝行がしたい気がする。

「どうしたの?」

「いや、なんでもない」

私はなんだか知らないうちに流れていた涙を拭った。

テレビでは宝くじのコマーシャルが流れていた。

嬉しいような、不安なような胸騒ぎがして、眠れない夜を過ごし、赤い目で朝を迎えた。

今夜徹さんに会ったら、これからの人生をもう一度考えよう。

その朝9時10分を過ぎても電話は鳴らず、落ち着かない私はお茶を淹れたりトイレに行ったり、必要もなく店頭を覗いたりして、それでもいつ徹さんからの指令電話が来るかと気になって、すぐに電話の前に戻った。

「はい・・・はい・・・いいえ」

耳に鳴り響く架空の徹さんからのメッセージに独り言で答えた。

待ちに待った再会だと言うのに、指だの耳だの爆弾だの、徹さんの言っていた脅し言葉が反芻されて、以前新橋の駅前で徹さんを待っていた時と同じような不安が胸に込み上げてきた。何度も何度も時計を見ては、パソコンや携帯に目を移す。

こんな時に限って誰も電話を掛けてこない。メールも寄越さない。

社長の部屋に行って、「私明日から辞めます」って言ってやろうかな。

仕方が無いので、午後からはまた遺言を書いて暇をつぶした。

4時頃になると、斜め向かいのコンビニが気になって、もうずっとコピー機の辺りを見張っていたくなったけど、「怪しい行動をするな」って言われていたので、じっとコーヒーをすすって我慢した。

どんな人がどうやってその紙をコピー機に置くのだろう？

昨日見た時には、確かにあまり人が使っていそうな感じではなかったが、すぐその後に偶然使う人が来ちゃったらどうするのだろう？

店員とかが抜いちゃったらどうしよう。

ああ、とっても気になるよぉ。


そうこうするうちに遂に終業ベルが鳴った。

いさんでロッカーに向かい、低めのパンプスに履き替えてコンビニに急ぐ。そしてコピー機に突進。

あった！　地図だ。

ここは店員からは陰になって見えない。

でも一応、忘れてった本人であるかのようなポーズをして紙を掴み、そこを立ち去る。

この店は表通りに面したドアと、ビルの中に通じるドアとがある。地図の指示通りにビルの中に繋がる入口から廊下を抜けて、その裏口に向かう。

裏通りを幾つか横切ると河っぺりに出る。コンクリートの河岸を下流の方に向かうと、屋形船の一団に混ざって比較的小さい釣り船「五郎丸」があるので、そこの船長に「キス釣りのポイントまで」と告げよと指示してある。確かに前方に屋形船の停泊しているのが見えてきた。

あった、「五郎丸」

五郎さんなのかしら、捻り鉢巻き無精ひげの船長らしき人に、

「キスのポイントまでお願いします」と声を張り上げると、

「あいよ、待ってたよ！」

と、素早く腕を伸ばし私を船に引きこんで、ロープを岸に投げ出し、すととんとんと操船台に上がる船長。いきなり船は出航する。

「そこに座ってな」

と、言われた腰かけによろめく私は腰を下ろして、揺れる船体にしがみつく。

船はどんどん河を下って暮れていく湾に突入していく。

湾に出るまでは私の顔に細かいしぶきが掛かっていたが、暮れなずむ海に小ぶりの船はゆったりと進

行するようになった。

「きれい」

湾岸の建物の光が浪間に金色に反射する。金波銀波ってやつだ。

右舷から一隻の白いクルーザーが近づいてきた。

あれかしら？

私は思わず両手を胸の前で組んだ。

いやーん、まるで白馬の王子様。私をさらって、さらってぇ！


全然ムードの無い、黒煙を吐く釣り船とは大違い。

クルーザーは釣り船に横づけすると、乗り込み用のステップを甲板の降ろし、相変わらず黒づくめの王子様は白い歯を見せて私に手を差し伸べた。

「ここがキスのポイントだったの？」

「ああ、キス釣りのポイントだ」

よろめいた振りをして抱きつこうかと思ったら、しっかりと両肩を支えられてしまった。

お邪魔虫のひげ面船長が手を振って帰っていく。

後は大海原に私達二人きり。

と、思いきやちゃんと他にもクルー達が控えていて、キャビンの中にはディナーが準備してある。

でも、すてき。

白服のウェイターが注いでくれたシャンパンで乾杯！

「ねえ、徹さん、またお会い出来て嬉しいわ」

「なんの、なんの」

「そうだ、徹さん」

「なんだい？」

「私、この前凄く舞い上がっちゃって、渡し忘れちゃったものがあるの」

私は包みを徹さんに差し出した。

「つまらないもので、恥ずかしいんだけど・・」

「まさかこれ最近・・」

「ううん、これは前に買っておいたもので、徹さんのお言いつけはちゃんと守りましたよ」

「そうかい。見せて貰おうか」

徹さんは包みを開けた。

「カルティエ　デクララシオン」

「オードトワレなんです。お好みのブランドでしょ」

「カルティエ？　ああ」

徹さんはスプレーを掌に吹きかけて、その手を一度握り締めた。

そしてその手をゆっくりと口元で開いた。

「・・いいじゃないか」

男の人ってこうやって香水の匂いを嗅ぐんだ。

「お気に入って戴ければ嬉しいわ」

徹さんは、その手をアフターシェーブローションのように顎の周りになすりつけた。

かすかな松脂の香りが私のところまで漂ってきた。


やっぱり私は舞い上がってしまって、何を話しているんだか分からないうちに、ディナーコースは進んで、コーヒーが運ばれてきた。


すると船体にどーんと大きな衝撃が走った。

「きゃっ」

船が大きく傾いで、コーヒーが受け皿からテーブルクロスに滲んだ。

表で大きな叫び声がする。

「どうした?」

徹さんがすくっと立ち上がってキャビンの外を覗きに行った。

デッキでは何か大騒ぎが起こっている。私も及び腰で席から立ち上がろうとした。

そしてまだ揺れが収まらないうちに、彼は戻ってきた。

覆面をした数名の男に銃を突きつけられて。

徹さんは両脇と背中からしがみつく3人の男に自由を奪われて引き回され、私の傍に並ぶ椅子の一つに座らされた。そして彼の後ろ手には手錠が掛けられた。

私も悲鳴を上げるより先に後ろから口を押えられて、同じように席に座らされた。

徹さんは不愉快そうにはしていたが、銃を突き付けられながらも、ゆったりと椅子に座っていた。

それを見て私も少し力を抜いた。

すると私の口を塞いでいた手もどけられて、私の両肩に置かれた。

キャビンにいた他のウェイターやクルーは外に連れて行かれた。

私達二人の前で自動小銃を持った首謀者らしき男が言った。

「矢吹さんよお、あんたも終わりだな」

「そうかな?」

「だってよお・・」

覆面の男はテーブルに置いてあった赤ワインをワイングラスに注ぎながらそれを一口飲み、残りをいきなり徹さんの顔にぶちまけた。

「俺が誰で、誰に雇われたかも分からないだろう」

徹さんは顔を少し肩口に押し付けてしたたるワインを一部拭った。

「だからお前さんも誰に復讐していいんだか見当つかねえだろう」

男はまたワインを注ぎながら言った。

「そうかな?」

「なあ矢吹」

男は自転車のワイヤ錠のようなものを私達に見せた。但しワイヤがとても細い。

「これ何だか知ってるか?」

「ああ、知ってる」徹さんは普通に答えた。

なに？　何それ？

男は自転車の錠のところにある赤い光のついたボタンを押した。すると輪になった細いワイヤがきりきりと音を立てながら小さな輪に縮まっていった。男はその輪をもう一度引き延ばして大きくすると、ボタンはかちりと音がしてまた赤い光が点灯した。

男は傍にあった空のワインボトルを三本束ねると、そこにワイヤの輪を通した。ボタンを押してワイヤが締まり始めると、男はそれをワインボトルの中腹のところにずらした。

すると食い込んだ鋼鉄のワイヤは窄まりながら三本のボトルをめりめりと粉砕した。

男はその輪をもう一度引き延ばすと、それを徹さんの頭から通し首に掛けた。

それでも徹さんは黙っていた。

「このボタンはスマホのリモコンでもスイッチが入るんだ」

覆面の男は自分のスマホを見せながら言った。

「矢吹さんよお、あんた数えきれない程の人間に恨まれてんだ。これでさよならだな」

「やめてー！」

私が叫んだ。

「あなた達、誰かから雇われているんでしょ、私があなたを雇う。私は十二億円お金を持っているの。それを全部上げるからその人を助けて」

「お前さんが？　十二億円？」

「本当、本当だから」

徹さんが私のほうを見て首を振った。

「本当に、私はお金を持っているの。徹さんが私にくれたの。全部、全部上げるからその人を助けて」

私は涙を流しながら更に叫んだ。

「それにその人を殺しても無駄だから」

「どういう意味だ？」

「だってその人は矢吹徹さんじゃないもの！」

「えっ？」

その時、キャビンにいた何人かの男たちが急にもぞもぞし始めた。

かすかな唸り音が聞こえる。どうも全ての人の携帯が一斉に鳴りだしたようだった。

皆躊躇していた。しかし一番遠くにいた一人が遂に電話に出た。

その男は電話に頷きながら、何か分からない言葉で首謀者に話しかけた。どうもお前も取れと言っているようだった。

徹さんが何も動かないので、幾人かは銃を突きつけながらも各自の携帯を取り出した。


次第に皆の様子が変化してきた。明らかに皆動揺している。

覆面の一人がスマホ片手に首謀者に近寄って、何やら話し合いを始めた。時折私のこともちらちら持っている小銃の先で指すので、その度に私は失禁しそうになった。

段々と二人は激しい口論になった。

首謀者は遂に何事かわめきながら自暴自棄でスマホのボタンを押した。

いやあぁぁ！　私は悲鳴を上げた。

が、どうも徹さんに掛けられたワイヤは反応していない。

男は何度もパネルをタッチしているが、どうも反応していない。

業を煮やした男が狂ったように小銃を徹さんに向けた。

どん、

私の顔に血しぶきが飛び散った。

撃たれたのは首謀者だった。仲間の一人が後ろから銃弾で彼の覆面を貫き、そのまま前のめりにずだん、とぶっ倒れた。私の足元のすぐ先にうつ伏せる覆面の下から血の水面が広がっていく。

あっ、あっ、
私は悲鳴を出すことも出来ずに、震える体を二つ折りにしてその場に嘔吐した。そして耳と目を塞いだ。

誰かが私の背中に手を掛けたが、すぐにその手は退かれて、どやどやと残りの一味が去っていく音がした。

そしてキャビンには一抹の静寂が訪れた。

私はそっと頭を抱えた手を外し、首をもたげた。

隣で徹さん（の影武者）が放心したように天を仰いでいる。

やおら私は立ち上がって、まだその首に掛かっていたワイヤを抜き取って捨てた。

床にはあの死体を引きずっていった跡があった。

椅子の上の彼を胸に抱きしめて尋ねた。

「大丈夫だった？」

「ああ、」

彼も立ち上がった。

キャビンからデッキに出て行くと、外には手足を拘束されたクルー達が自らを自由にしようともがいていた。

私はすぐキャビンに戻り調理ばさみを取ってきて、彼らの拘束を順番に解いた。

クルーの一人が緊急用の手斧を持って来て徹さんの手錠を切った。

「ああっ、」

徹さんはサングラスを投げ捨てて、自分のポケットチーフで顔を拭った。

彼が顔を両手で擦ると、右目の紫色のケロイド部分が一部ぺろんと剥げ落ちた。そして彼は目立たなかったが、着けていた小さなイヤフォンを片耳から苛立たしげに外した。

「いくら高いギャラを貰っても、こんな役はもう沢山だ！」

やっぱり
「春代さん、この前は気づかなかったようだけど、どうして今回は僕が本物の欠吹さんじゃないって分かったの？」

彼はケロイドメークの垂れ下がる右目をしばしばさせた。

「徹さんはね、私とずっと話をしているうちに、最初の頃のチンピラ言葉は随分と丁寧になったんだけど、カルティエのことはいつも『カルチエ』って呼んでたの。それだけは変えなかった」

「そうなんだ」

「あんな怖いワイヤ掛けられて、良く平気でいられましたね」

「平気な訳ないじゃないか」

あの渋い声が裏返っている。

「イヤホーンから助かりたかったら絶対に騒ぐなって指示があったんで必死に耐えていたんだ」

心なしか黒スーツのズボンの股間部分がより黒ずんで見える。

「でもご無事で良かった」

「・・・春代さん、あなたは僕が矢吹さんじゃないって知っていて、それでも十二億円払ってくれるって言ってくれたのかい？」

「ええ、人の命だもの」

そういえば6億円くらいに言っておけば良かった。

「有難う」

彼は私をハグしてくれた。

ワインと血とシダーの香りと、ちょっとおしっこ臭い香りがした。

震えの止まらない私は、クルーの出してくれた毛布にくるまって、温めたワインを飲みながらぼんやりと海を眺めていた。

血の一本線が引いてあるキャビンには戻りたくなかった。

やがてクルーザーはヨットハーバーに停泊した。

そこにはリムジンが一台待ち構えていた。


車に乗り込むと私のスマホが鳴った。

「春代ちゃん、災難だったな」

「徹さん！　ひどい、ひどいよ」

私は涙を流しながら訴えた。

「俺と会うのは危険だって言っただろう」

「違うよ、替え玉を寄越すなんて」

「・・・ああ、そのことか」

「ああ、そのことか・・・ですって?」

「ところで春代ちゃんよ、まさかこのまま警察に駆け込むつもりじゃねえだろうな」

「えっ、だって人が死んだんですよ」

「あんなのどうでもいいだろう。見ての通りの極悪人だよ」

「い、いくら極悪人でも・・、あんなのがうろちょろされたら・・」

「大丈夫だよ、俺がカタつけたから」

「大丈夫だよって・・」

「いいか、俺が大丈夫つったら大丈夫だ。

あんな連中に十二億円持ってますなんて公言しちまって、春代ちゃん何考えてんだ。カモネギだろうが」

「だって・・」

「いいか、良く俺の話を聞けよ。

これから警察に通報しなかったら俺が守ってやる。

警察に行くんだったら、これからは警察に守ってもらえ。以上だ」

「えっ、ちょっと、徹さん・・」

そこで電話は切れた。

運転手は黙っていても私の家の方向に向かっていた。運転手は終始無言だった。多分このまま警察に行って下さいとお願いしても聞き入れて貰えないだろう。

多分あのクルーザーのクルーもあの役者さんも、私の証言をサポートしてくれないだろう。あの人達は私に名乗ろうともしなかった。

それに確かに徹さんの言う通り、私が十二億円も持っていることをあんな武装集団に告げたのはまずかった。だれか一人でも私のお金に興味を持たれたら命が危ない。

警察に説明して、あの連中を追掛けさせたらますます危ないかもしれない。

車が家に着くと、とある警備会社の車が近くの路上に停まっていた。

その車の主は私に挨拶することもなしに、翌朝私が出掛ける時にもずっとそこに停まっていた。良く見ると裏の路上にももう一台同じ警備会社の車があった。

「おはようございます。横浜アイウェアお客様ご相談窓口担当の坂本が承ります」

「よう春代ちゃん、とりあえずは俺の言いつけを聞いてくれたようだな」

「徹さん、警備会社まで雇って戴いて有難うございます」

「いや、念のためだよ、念のため。見たところあいつら全員既に国外に退去していやがるな」

「・・・そうなんですか」

「まだ替え玉を送ったことを怒ってるんか?」

ちょっと私の声に棘があったのだろうか?

「いいえ、でも残念で」

「何が?」

「徹さんにはやっぱりお会い出来ないんだってことがです」

「俺と会うのは危険だからな」

もー、いつまでのらりくらりそんなこと言ってんのよ!

「そうじゃなくてえ! あなたがやっぱり人間じゃないってことが分かったってことが残念なんですぅ!」

「・・・えっ?」

えっ、えっ?って徹さん本気でうろたえた声を出してる。

「しらばっくれないで下さい。私聞いているんです、あなたが人間ではなくて、人工知能なんだってことを」

「・・・そっ、そうなのか？　俺は人間じゃなかったのか？」

「ん・・、もしかして、徹さん、自分は本気で人間だと思ってたの？」

「うーーん、実は俺もちょっと何か変だとは思っていたが・・」

「何が変なんですか？」

「俺はさ、今この現在、春代ちゃんと話しているのと同時に、他の数十人とも電話で話してるんだよ」

「えっ、だって耳は普通２つしかないし」

「耳のほうはな、聖徳太子とかいるんで、俺ってもっと凄えのかなくらいに考えていたんだけど、口のほうは、どう考えてもおかしい」

「疑問を持たなかったんですか？　自分の身体がどうなってるのか」

「うーーん、俺はさ、電話をしてる時は目を閉じてるんだよ」

「ちょっと目を開けてどうなってるのか見てみたらどうですか？」

「ああ、俺には手はあるよ。別に受話器は握っていないけどな」

「徹さんって本当はどんなお顔をしているの？」

「どんな面って？　まあ言っちゃあ何だけど、結構いい男だぜ」

「どんな感じ？　細面かしら」

「うん、どちらかというと細面かな。目は切れ長鼻はすこし鷲鼻っぽい。唇はどっちかと言うと薄い。

すっとがった顎」

く、黒木准教授の容貌だ。

「タレントとかで似てる人は?」

「市川海老蔵って感じかな? あいつのほうがずっと若いけど」

そうそう、

「身長、体重は?」

「身長180cm、体重75kg、最近もっと増えたかな?」

やっぱり黒木准教授、間違いない。

「・・・なあ、俺本当に人間じゃねえのか?」

「だって外に出たことないでしょう?」

「出てるよ、しょっちゅう」

「えっ、そうなんですか?」

「でも不思議なことに外に出てる最中もずっと電話してんだよな。特に海外が多いかな」

「どうやって電話してるんですか?」

「ハンズフリーみたいな感じかな。良くいるじゃねえか、街中をぶつぶつ言いながら歩き回ってるやつ」

「だってそれも何十人と一度に会話してるんでしょ?」

「ああ、そうだな」

「あのクルーザーの中の覆面一味に一斉に電話を掛けたのも徹さんの仕業？」

「勿論そうだ」

「何をして、あの人達を仲間割れさせたの？」

「俺はさ、人の声を正確に真似出来るんだよ」

「例えば？」

「『春代、矢吹っていう人に掴まっているの、お願い、お願いだから助けて頂戴』とかな」

私の母の声だ、まったく母の声とイントネーションだ。

これってスーパーオレオレ詐欺？　うわっ、あの時のこともう思い出したくない。

「悪いけどあいつらの襲撃は大体予想していたんだ」

「じゃ、私とあの徹さんの替え玉は囮にされたってこと？」

「ふふふ・・、そうなるかな」

「・・・ひどい」

「守る自信はあった。まあでも申し訳なかった。慰謝料はいずれな」

いくら自信があったたって言っても。

「・・それにしても春代ちゃんは誰からそんなことを聞いたんだい？」

「えっ？　何を」

「俺が人間ではないってことをさ」

言ってもいいのかなぁ。

「村田英明教授と黒木准教授」

「・・あの野郎」

徹さんの声には怒りが篭っていた。

私はちょっと嫌な予感がして悪寒が走った。

「春代ちゃん、俺ちょっと用事を思い出したから、今日はこれで切るわ。またな」

徹さんは今まで聞いたことの無い理由で会話を終了した。

その晩の帰り道、地下鉄の乗り換え口で私は急に後ろから肩を叩かれた。びくっとして振り返ると、
「村・・・」

私の後ろにいた村田教授は、口に指を立てて、

『声を立てないで付いてきて下さい』

というメモを私に見せた。私は頷いて彼に従った。


村田教授は彼の勤めている大学のある実験室に入っていった。

［電波暗室］と書かれた設備の中に入り、頑丈な扉を閉めると初めて口を利いた。

「坂本さん、ご無沙汰しています」

それは十二畳くらいのコンテナの内部のような設備だったが、音が響かないので、教授の声が小さく聞こえた。

「ここは電波暗室という設備で全ての電波がシャットアウトされています。電波と同じに波である音も吸収されるので、大きな草原で話をしているような気分になるでしょう」

「ええ、そうですね」

「矢吹に会話を聞かれないようにするにはこんな場所しかないのです」

「徹さんが暴走しているんですか？」

「ううん・・、暴走といえば暴走だが、私の指令にあまりにも忠実に従っているとも言える。ある意味大成功なんだが」

「どういうこと?」

「つまり彼はこの世の悪を驚くべきスピードで駆逐しているという意味です」

「はい、」

「しかし前に説明した通り、彼にはターゲットとなる悪玉の周囲の人間関係を探査する機能がある。その過程でほかの悪玉が、それももっと強大な悪玉がどんどん見つかってしまっているのです。彼はそれも駆除しようとしている」

「それが・・・」

「その一例が『平田アイ』です」

「母はあの人を幼なじみの渡辺あきさんだって言っていましたが、あのおばあさんが悪人なんですか?」

「いや、そうじゃない。だがとんでもない悪人は彼女の息子です。

イゴール・ドブラエコフ。戦後すぐ渡辺あきさんをさらって自分の愛人にした、元ソ連軍人ヤベツ・ドブラエコフの子供の一人です。

イゴールは最凶のロシアンマフィアで冷酷無比の麻薬と武器密輸王ですが、母親だけは愛しているんです。彼は自分の母親を解放するために父親のヤベツを惨殺して、自分の手元に置きましたが、敵対する勢力のターゲットとされることを恐れて、別の日本人の名前でビザを取り、密かに日本に帰国させていたのです」

「そんな奴と今闘っているのですか」

「矢吹には実体がありませんからね。相手には最悪です。幽霊と戦っているようなものですよ」

「で、何故村田教授は矢吹さんの盗聴を恐れているのですか？」

「矢吹はもうずっと以前から私と黒木君を脅迫しているのです」

「・・・どういうこと？」

「初期の矢吹にとって何が一番その存在にとっての脅威だったと思いますか？」

「さあ？」

「電源を切られることです。しかし彼は比較的すぐにその弱点を克服したのです」

「コンピューターが？　どうやって？」

「サーバーのデータ保護と同じような方法によってです。自分のレプリカを他のコンピューターに作り、記憶したものをそっくりそちらにもコピーして更新を維持します。これをミラーリングといいます」

「済みません、ちょっと話が私には難しいです」

「要するに自分の双子を別のコンピューターの中に用意しているということです。双子どころか、今ではそのバックアップが無数にあります」

「無数の一卵性双生児が」

「そうです。だから一台のコンピューターの電源を切っただけでは彼を抹殺することは今や出来ません」

「でも徹さんは自分のことを人間だと思っていましたよ」

「それは二次進化です。矢吹の機能は単にターゲットとなる相手の人間関係を探査しその人物の弱点を把握した上で、その人物に周囲の犯罪者との協力関係に疑念や不安を抱かせる会話をすることです。彼の会話は心を持っているように感じさせますが、単に相手の言葉にコンピューターが判断した最も適切と思われる言葉を返しているだけで、その背後に特別な想いがある訳ではありません」

「でも、私が彼が人間じゃないって言ったら、ショックを受けていた様子でした」

「それは得ている情報に矛盾があるからです。私は彼が人間だという前提でプロファイル（人物像）を作成している。彼はいつも相手の情報に関しては矛盾点を的確に指摘してきましたが、自身のプロファイルの矛盾を自分で指摘し、自覚したことは無かったのです」

「で、どうなったの？」

「彼は自分のプロファイルを修正したのだと思います。つまり自分はコンピューターソフトで今までのプロファイルは自身の正体の隠れ蓑に過ぎなかったことを」

「それでどうしてあなた達は矢吹さんに脅されているの？」

「私達は彼のコンピューターソフトとしての弱点を熟知していますからね。ウィルスを入れて彼の機能を破壊したり、彼の行動パターンを予測して先に対策を打つことも出来る。そこで矢吹は我々と立場を五分にするために、僕たちの弱点を把握して脅迫してきたのです。造物主への反逆ですよ」

「どうしてそんなことが」

「矢吹には指令を執行する上での脅威は事前に自律的に排除するようにプログラムがされている。そういう意味では私達の関与は指令実行の阻害要因となり得ると判断したのでしょう」

「犯罪者でもないのに？」

「指令実行の障害は相手が犯罪者か、そうでないかは関係ありません。あなただって彼の仕事の障害と判断されれば、黙らせるために何か弱点を見つけて脅してきますよ」

「先生はどう脅されているんですか？」

「私はね、はは、坂本さんも少しはご存じですが、ちょっと人様にはお見せしたくないような性癖がありましてね。矢吹はそれを記録して、僕がソフトウェアの更新時に矢吹の進化に関する自由度に制約を入れようと他の学者とメールで討議していた時にそれを察して先に警告してきたのです」

「自分のプログラムを変えるなと」

「驚きましたよ。しかし同時に感動しました。彼は単なるバグ更新にはちっとも反応しないのに自身の自律的なプログラム更新機能をいじることには大変敏感なのです。まあでも別にそれは無害なので」

「本当に無害なんですか？」

「ええ、彼は絶対に無意味に知り得た情報を他に暴露しませんからね。彼は私の『まずい』情報を蓄積した。ただそれだけです。それで彼が安心して安定的に動いてくれればそれでいいのです」

「・・・」

「矢吹の進化に関しては、ただ漠然とした関係者の不安があっただけで、別に具体的なものではありませんでしたから、むしろ僕は彼の進化がどこまで進むか見てみたかったので制約には反対だったのです。多分僕以外に進化を制約する効果的なプログラムを書ける人はいないでしょう。変に直しても、彼は自分でそれを直してしまいますからね」

「変えたプログラムを自分で元に戻してしまうってことですか？」

「うん、パソコンでも変なアプリを入れて全体の動きがおかしくなった時に以前の状態に戻すロールバック機能があるでしょう。あれの自動化ですよ。以前の自分に戻れなくするようなコマンドを彼は嫌うのです」

「で、実害が無いのなら、どうしてこんな場所にまで来て話をするのですか？」

「・・そこですよ」

「私はさっき不安が無いように言いましたが、実は不安が無いこともない。特に彼のターゲットが急速に拡大していることを懸念しているのです」

「そういえば、あのロシア大使館の人って？」

「えっ、どんな人に会ったんですか？」

「母が渡辺あきさんに会いに行った時に、３人のロシア大使館の人にその場で実質拘束されて、私が迎えに行って、母と私はそのままロシア大使館に連れていかれて、嘘発見器を付けられてあれやこれや聞かれました」

「どんなことを？」

「どうも何故、平田アイさんに近づくのか、渡辺あきさんだと思っているのか、誰から言われて近づいたのか、そんな質問でした」

「それでその後は？」

「何もありません。彼らは平田アイさんは別のロシア籍の人の可能性があって、本人はボケているから、人道的な観点から家族の依頼で調査している、みたいなことを言っていました」

「・・そうですか」

「あの人達は一体何者なんですか?」

「さあ、私は見当つきません。イゴールの敵か、それともイゴールの息の掛かった手下や協力者なのか」

「政府の機関にイゴールの手下がいるのですか?」

「分かりません。なるべく知らんふりをしていたほうが安全です。単に偶然か、または誰かに知らないうちに利用されていただけ、のように」

「それで、先ほどおっしゃっていた進化の不安というのは」

「要するに彼の進化の効果的な抑止力となるのは、もう一つの方法しかないということです」

「何ですか、その方法って?」

「あなたです。今まで見たところ彼の進化はあなたに一番影響を受けている」

「・・そうなんですか?」

「そうです。だから既に彼と関わっていることによって、いろいろと不快なこととか、危険な目に会うかもしれませんが、彼からコンタクトがあったら、出来るだけ拒絶せずに付き合ってやって欲しいのです」

確かにもういろんな目に会いました。

「何故そんなことをわざわざ言うためにこんなところに入らなければならないんですか?」

「矢吹にあなたを『プログラムをいじる手段』と見なされないためです。つまり彼の進化の方向性に制約を与える存在と思われないようにです」

「どういうこと？」

「平たく言えば、『俺を束縛するうざいお母さん』ってなところです」

「分かるような、分からないような」

「矢吹に関与されている人の数は驚くべき勢いで増加しています。

矢吹が当初プログラミングされている通り、ただ悪人の人間関係を破壊して自己崩壊に至らしめる、その機能をどんどん拡張していったら、どんなことになるか。ちょっと想像がつきません」

確かに井上議員のお父さんも電話を受けていると言っていた。

「矢吹に人間性は存在しませんが、単なる『人間関係破壊マシン』以上のものになろうとしているのは間違いありません。

彼を正しい方向に導いてくれる母親が必要なのです」

「・・はあ、」

「特に善悪判断を正しい方向に導いてやって下さい。ここを間違えると大変なことになる可能性を私も否定出来ません」

「ええ・・・・、まあとにかく、

私は徹さんを普通の人間として接します。それでいいでしょうか」

「それで結構です」

「はい、お電話有難うございます。横浜アイウェアお客様ご相談窓口担当、坂本が承ります」

「春代ちゃん、まだ律儀に勤めてんのかい?」

「徹さん、おはようございます。ええ、まだ勤めてますよ。特に他にやりたいこともすぐには見つからないし」

「ふーん、殊勝なこった」

「いえ、貧乏性です。ところで徹さん、この前、ひどいこと言っちゃってご免なさい」

「んっ?」

「だって徹さん、なんかショックを受けてたみたいだったから」

「ああ、俺が人間じゃないってことか。確かにそんな簡単な己の矛盾にも気が付いていなかった自分が恥ずかしくて、ちょっとうろたえたが、すぐに気持ちの整理がついたよ」

気持ちの整理かぁ

「どういう風にですか？」

「確かに今のところ俺には体がないけれど、そのうち俺がしっかり入り込める器を準備して、春代ちゃんに会いにいくよ」

「ええ、本当に？」

「ああ、」

どんなもんが会いにくるんだろう、ちょっと怖い。

「無理しなくていいですよ。私この前会いたいなんてせがんじゃったけれど」

「あれはあれで嬉しいことだよな」

「そうなんですか？」

「春代ちゃん、前にも言った通り、俺は今他の数十人と同時に会話をしてるんだ。でもあんたと他の連中との会話は違うんだよ」

「どういう風に？」

「他の連中との会話は、単に情報を得たり、追い詰めたりするためだけに会話しているんだ。でもあんたとはそういう目的なく会話をしているんだ」

「何にも目的が無いの？」

「そうだな、明示的な指令は無い。多分目的は成長するためなんだろうな」

「私みたいなものであなたの成長に役立っているの？」

「さあ、・・少なくとも俺は楽しいが」

「ええ、私も楽しい」

「楽しい？　あんなひどい目に会ってまだ楽しいのか？」

「ええ、思い出したくもないこともあるけど、凄くどきどきして楽しいの」

「じゃあ、これから一緒にやるか」

「何を？」

「この世の中を掃除してやるのさ」

第**2**話完

第3話

この週末は何かとついていなかった。

楽しみにしていたブランドの特価セールにいさんで出掛けたら、モールの入口が大渋滞で着いた頃にはお目当ての品は全部売り切れてしまっていた。おまけに急に大粒の雨が降り出してアーケードの下に駆けこんだら、そこで子供みたいに転んでしまいストッキングの膝に大穴が開いた。

その挙句、自宅近くの交差点で信号待ちしていたら、ボケたおじいさんに追突された。

私はむち打ちにならないで済んだが、軽愛車の後ろは大いにへっこんで、修理に出すことになった。

運転していたお年寄りはごく品のいい人で、平謝りで丁寧に接してくれるので怒るに怒れなかった。

渡されたスマホで相手の保険会社と話していると電話もまだ終わらないうちに、凄い勢いでレッカー車がやってきて愛車を修理工場に持ち去ってしまった、そこで私が家まで歩いて帰ると、驚いたことに駐車場にはもう代車が届いていた。

ポルシェカイエン。

何これ、本当に代車？　誰か間違えてここに車を停めたんじゃないの？

確かに私はカイエンって乗ってみたいと思ったことがある。

確かに私は今十二億円持っていて、これを買うことも出来る。でも、この人達そんなこと知らないはずなのに。

「こんなの運転出来ないわ、慣れなくてぶつけちゃうもの。もっと代車らしいの無いの？」

代車を持ってきた修理工場のお兄ちゃんに私は文句を言った。

「いや、今本当にこれしか無いんです。申し訳ありません。保険はたんまり入っているので好きなだけぶつけて頂いても結構ですから」

・・好きなだけって。

「わたし、そっちの車で充分なんですけれど」

代車と一緒についてきたらしい軽自動車を私は指さした。

「いや、これは僕の車で会社のものじゃないからお貸するわけにはいきません」

そそくさと車の操作法を説明した修理工場のお兄ちゃんは、ポルシェのロゴの入った無線キーを私に渡すと、逃げるようにその軽に乗り込んで同僚と帰ってしまった。

何それ、へんなの・・

まあ本当に運転しにくければ、レッカー車から渡された修理工場の電話番号に後で連絡すればいいとして、一応運転席くらいはもう一度味わってみることにした。

ピっと鍵を開けて、高めの運転席に昇り、ドアの取っ手を引くと「すわむ」という感じの音がしてドアが閉まる。密閉された空気の圧力を感じる。

うーん、高級車はこういうところが違うわね。私の車は「べちっ」っていう音で閉まる。

友達の証券会社の社長の車もこんな感じだったなぁ。シートの革の匂いが心地いい。

このボタンを押すとエンジンが掛かるのね。

あれ、押してもうんともすんとも言わないなぁ。

ああ、そっか、まずブレーキを踏まないと掛からないんだった。

ちょっと遠いブレーキにつま足を延ばしてエンジンを掛けてみる。

運転席をもうちょい前に出すレバーが無いか手で探ってみると、出っ張りみたいなボタンに触っただけで、運転席が「うにー」っと前に出る。飛行機の座席みたい。

でも、ナビがなかなか点燈しない。一瞬ポルシェのロゴが画面に表示されたら、またすぐプツっと消えてしまった。

うーん、ここだけは私の車のほうが速いわね。何か画面の中でずっとぐるぐる回っている。

すると再び点燈したナビのモニターから声がした。

「カードが挿入されていません」

でも今度は、何故かそのメッセージがエコーのように何度も何度も繰り返された。

「カードが、カードが、カードが、カァードが、・・・クワァードォぐぁぁ・・・」

何、このナビ、壊れてんの？　不気味。

段々とその声は低く、野太くなってくる。まるでテレビで顔にモザイクを掛けられた匿名の男性の声のように・・。そしてその音もまたぷつんと切れた。


「よう、春代ちゃん、久しぶりだな」

げっ、その声は徹さん。

私はびっくりして辺りを見回した。

「何きょろきょろしてんだよ、俺はここにいるぜ」

ここにって？

「ここだよ、ナビの画面を見てみろよ」

確かにそこには黒メガネのアニメのキャラが映っていた。

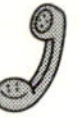

徹さんはやくざだ。

いや、やくざというキャラに扮した会話する人工知能だ。

私は勤めている眼鏡屋さんのコールセンターで毎日この徹さんを本当のやくざだと思って会話してきた。私のお陰でその人工知能は凄く進化したと、システムを開発した村田教授は言っていた。でもこ暫くは彼からの電話は掛かってこなくなっていた。

私は彼の正体を知った後でも徹さんが普通の人間のように接している。ただし電話以外で徹さんと接したのはこれが初めてだ。

「徹さん、これって」

「春代ちゃんに言ったろう、いつか俺は俺がしっかり入り込めるような器を作って、お前さんに会いにくるって」

「それで徹さんはナビになったの？」

「いや、これはまだ一つの試みに過ぎない。俺が入り込める器の一つってことだ」

「じゃあ、さっきの事故は徹さんが仕掛けた茶番だったってこと？」

「まあ、その辺は想像に任せるよ」

ナビの中のキャラは口だけがパクパクして、表情は変わらなかった。何だか安っぽい。

私は画面を無視して、いつも電話で話しているように徹さんに話しかけた。

「さっき私がきょろきょろしてるって言ってたけど、あれはあてずっぽう言って私をからかったのね」

「いや、俺には春代ちゃんがちゃんと見えてるよ」

「まさか、どうやって？」

「それで」

ナビの中のキャラは上の方を向いていた。その視線の先にはドライブレコーダーがあった。

「自分の目で見たのは初めてだが、春代ちゃんはなかなかの美人だな」

まったまた、この人工知能野郎は適当なことを言っちゃって。村田さんの仕込みかな。

「徹さんが私にお世辞を言うなんて、何か魂胆があるんでしょ。別に新しいボディを見せびらかしに来たわけでもないでしょうに」

「まあな、俺には俺の考えがあって、この器を選んだんだよ」

「それはどんな？」

「とりあえずこれに乗ってこの家を離れて欲しいんだよ。お前さんの家族も一緒にな」

「えっ？　それっていつ？」

「今すぐ、出来るだけ早く」

「無理よ、今すぐだなんて。守だって今家にいないし、チップだってどうすんのよ」

「分かった、じゃあその息子が家に帰って来るまでに出来るだけ準備して、帰ったらすぐに出発するんだ。ペットの犬も一緒に連れてけばいいだろう」

それから暫く私は徹さんの指示に耳を傾けた。何か変な気分だった。機械に指図されてるなんて。確かにナビってのは人を指図するものではあるんだけれど・・。

「ねえ、お母さん、ちょっと緊急事態が発生したの」
日曜の午後をこたつでくつろいでいた母に私は言った。母はまたヨーさまの韓流ビデオを見ていた。良く飽きないで何度も見てられるものだ、いつも半分寝てるからかな。
「どうしたの、緊急事態って？」

「それが・・、実は私、スキャンダルに巻き込まれてしまって。暫く身を隠さなければならなくなったの」

「・・・どういうこと?」

「だから、家族皆で暫くこの家から身を隠すの」

「みんなでって、私もってことかい?」

「そう、守もチップも」

「なんで? あんた何か悪いことでもしたの?」

「いやいや、私は何も悪いことはしてないわよ」

「じゃあなんで一家で夜逃げしなきゃならないのよ」

「それは・・つまり・・、私が悪い人の秘密を知ってしまって、口止めに嫌がらせされるかもしれないから、そいつらが捕まるまで身を隠せって言われたの」

「言われたのって誰から言われたの?」

母はますます怪訝そうな顔をして私を見つめた。そういえば子供の頃から私が嘘をつくといつもこの表情をされた。

「う、うん、この問題を相談した弁護士から」

「ええ? だってそんな訳にはいかないでしょ、あんたにも仕事だってあるんだし」

「会社にはもう説明してお休みを取ることで了解を取ったから・・」

「そんなことしてないで警察いったらどうなの?」

「警察にはちょっと行けないの。万一相手にされなかったら大変なことになるし、お金だってあるの」

「・・・あんた、やっぱり何か悪いことをしたんだね」

「ちがう、ちがう、私は悪くない。ねえ、とにかく私を信じて、ちょっと旅行に行くんだと思って、一緒についてきて頂戴、お願いだから」

半泣きで主張する私を母は5秒くらい見つめてから言った。

「分かったわ。あんたが何をしたかは分からないけど、今はついていくから、落ち着いたらどうするか良く考えてちょうだい」

「ありがとう」

私は母の手を握った。

「ところでお母さん、パスポート持ってたわよね?」

「パスポート?」

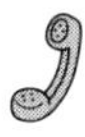

私は守のケータイにも電話を掛けて、説明に窮したがすぐに戻ってくるように指示した。守は別に大学を半年くらい休んで中南米に旅行に行くんだなんて言ってたんだから、暫く身を隠すなんてへでもない。でもやっぱり理由を問われると難儀した。

それから私とお母さんの衣類をスーツケースに詰めて、チップを運ぶケージも準備した。どのくらいの長さになるんだろう。どこに行くんだろう？

まあお金はあるんだから、最悪現地で服だの、日用品だのを買い足せばいいや。

買えるようなところに行くんだろうなぁ、チップの餌はあるのかな？

そのうち守も帰ってきて、この子は5分で荷物をまとめた。

そして車に皆で乗り込んだ。

「母さん、この車どうしたの？　スゲー格好いいな」

「ん、レンタカー・・、みたいなもの」

確かにこの車で良かった。軽じゃこれだけの荷物が積めないもの。チップの居場所もない。

私は徹さんに言われた無線のイヤホンを耳に挿した。

「そいじゃ、出発」

「出発ってどこに？」

「えっ、・・まだ内緒。それからその後ろの席に置いてあるポットにお茶が入ってるから、温かいうちにお母さんに飲ませてあげてって」

「あげてってって、母さん誰かと話してんの？」

「い、いやそんなことない」

守は意味ありげに笑みを浮かべた。この子は何か察しているのだ。私の様子がこのところ変わったこと、ちょっと生活が派手になってきたこと。多分誰か男が出来たのだと思っているのかもしれない。でも彼は素直に言われた通り、ポットからおばあちゃんにお茶を注いでやり、そして自分も一杯それを呑んだ。

すると二人とも気を失うようにすやすやと眠りについた。


「それでどこに行くの？」

「横浜だよ」

私は徹さんの声に従ってハンドルを切っていたが、目的地は今初めて聞いた。それって私の勤めてる会社の地元じゃん。

「横浜で身を隠すの？　知り合いだらけだよ」

「いや、お母さんと息子さんはそこから旅に出てもらう。春代ちゃんはこの車で暫く俺と付き合ってもらう」

「そうなんだ」

私はそれを聞いて、何だか生身の男と駆け落ちするように心がときめいた。

横浜の港の駐車場に車を停めると二人を起こした。

『クイーンエリザベスで行く済州島への旅』

そのツアーへのチェックイン受付まで母と息子の荷物を運んだ。

「なに、あんたは行かないのかい？」

「ええ、私は別の場所で身を隠すの。チップの面倒は私が見るから。守はおばあちゃんを見てあげてね」

「あんたが行かないんじゃ、わたしは・・」

母がぐずりだすと、係の人が

「坂本様ご一行ですね。あちらの待合室にどうぞ」

と、ＶＩＰ待合室のようなところを指さした。

「お見送りの方もご一緒に」

「えっ、私は乗らない予定ですけど」

「いえ、あそこはまだ出国審査前ですから。大丈夫です」

係員に促されるままにその部屋に入ると、その赤絨毯のだだっぴろい室内には他の乗客が一人しかいなかった。


ああっ！

母が口に手をあてて、奥のほうにいるその乗客に走り寄った。

「ヨー様」

ヨー様？　ヨー様なんてここにいる訳ないじゃん。韓国人全員同じように見えるんだから。

守と私は母を追いかけた。

「ヨー様、ヨー様ぁ」

ええええええ、
それは本当にヨー様だった。番組の顔よりは少し更けているけれど紛れもなく本人だ。

近づくとオーラが凄い。

ヨー様は例の笑顔で母に近づくと、

「マミコさん、私と一緒にチェジュ島いきましょう」

と母の手を取った。どこで母の名前を覚えたのかしら。

「ええ、ヨー様とご一緒ならどこへでも」

母はヨー様の手に頬ずりをするように頭を下げた。彼女がこのまま昇天しないかちょっと不安になった。感涙にむせぶ母はしばしヨー様の手をまさぐると、急に私のほうを向いて、

「春代、ありがとう、あなた私を驚かせるために変な嘘ついてここに連れて来たんだね」

と私に抱きついた。体がまだ震えていた。

「ええ、・・まあ、そんなとこ」

私も潤む目を拭いながら、笑顔でそう答えた。

徹さん、ありがとう。いい親孝行になったよ。

「守、おばあちゃんを頼んだわよ」

「ああ、」

母はヨー様に手を引かれてゲートのほうに歩いていった。守がその背中を追った。

ああ見えて優しい子だ。母のお供をちっとも嫌そうにしていない。むしろ嬉しそうにしてるのが背中

からでも見てとれる。

廊下の外れのエレベーターの扉が開くと、三人は私に向けて手を振った。

「さて、お邪魔虫は片付いたことだし、二人でゆっくり話をしようや」

「徹さん、どうして母がヨー様のファンだって知ってたの？」

「春代ちゃんが自分で俺に話してくれたことだぜ」

「えっ、私そんな話、徹さんにしたかしら？」

「毎日毎日どれだけ春代ちゃんと世間話をしたと思う。お前さんが忘れても俺は忘れない。俺は一字一句覚えている」

「もしかして、お金があったらカイエンに乗りたいとかも私言ったっけ？」

「ああ、言った。お互いの好みの車の話をした時な」

徹さんの好きな車って何だったっけ？　俺はバイク派だとか言われたのかな。

「とにかくお礼を言うわ。今までのどんなプレゼントよりも嬉しかった」

「カイエンに乗れたことか？」

「いいえ、ヨー様よ」

チップがわんと吠えた。私は助手席のケージにちょっと手を差し伸べてやった。

「礼には及ばねえよ。あの二人がいるとちょっと面倒なだけだ」

「それでこれからどこに行くの？　どうして私達は逃げるの？」

「一つ目の質問に関しては、足さえつかなきゃどこでもいいってのが答えだ。明日の朝現金を仕入れて、それで色々な場所を転々とする、別に遠くに行かなくてもいい」

「いつまで？」

「二つ目の質問に先に答えると、今俺はちょいとやばい奴と戦っている。奴は俺の正体に気付き始めている。少なくとも俺が色々な声で電話を掛けてくることは察したようだ。それで奴は自分の手下には電話で話をすることを止めさせた。そして声の主である俺の正体を突き止めようと躍起になっている」

「奴って、イゴールって人のこと？」

「そいつはお前さんは知らなくてもいい。奴は世界最高のハッカー集団を雇って俺の正体を探っている。もうすぐ村田や黒木のところにも現れるだろう。あの二人はＣＩＡか何かが守ってくれるんだろうが、春代ちゃんは俺が守るしかない」

なんだか私はその言葉にぐっときてしまった。

まもって、徹さん、私のこと守ってぇ。誰からかは知らないけど。

「だからそいつと決着がつくまで、暫くは転々とすることになるな。今この瞬間も俺の分身が奴らと丁々発止やりあってんだよ。ところで金は幾ら持ってる？」

「現金はそれほど無いわ。カードならあるけど」

「カードは使うな。貸金庫の鍵は持ってきたろう」

「ええ、勿論」

「じゃあ、それで明日の朝そこにある現金をすべて持ち出して来てくれ」

そうね、確かあそこには、十二億円の小切手と三千万円以上の現金が入ってた。

「分かった。今晩私はこの車で寝てもいいよ」

そこで私は近くの大型スーパーに寄り、持っていた現金でワインとチーズと毛布を購入し、車を高台の海を眺める駐車場に停めて一晩中車で過ごした。

サンルーフから星を眺めて、眠くなるまで徹さんとお話をした。気温が下がると自動的にヒーターが入って、まるで私を温めてくれるかのようだった。

別にカプセルホテルとか、どこか泊まれる場所もあったとは思うが、私がそうしたかったのだ。何だか徹さんと車の中で添い寝しているような気持ちになれたから。

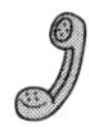

翌朝は海からの日の出を見た。

外はまだとても寒かったけど、チップに水と餌をやり、そこらを散歩させている時に公衆電話が目に入ったので、そこから会社に電話を掛けた。社長は誰よりも朝だけは早いのを良く知っている。

「坂本です。私、ちょっと事情があってこれから暫くお休みをとらせて頂きます」

「えっ、事情って、君がもう会社に来なくても全然困らないことは重々理解してるけど、もしかして、あの矢吹さん絡みのこと？」

「いいえ、違います。まだ有休残も48日ありますので、とりあえず2週間ばかり」

「君が暫く来ないなんて聞いたら、コールセンター全体がパニックに陥るかも」

「大丈夫です。矢吹さんとは直接話をつけてありますから。皆にはそう伝えて下さい」

「くれぐれもそこんところだけは、何卒宜しくお願いします」

それから銀行に向かった。朝一番で貸金庫ケースから現金だけ全部取り出すと、それだけでもずっしりと重たかった。小切手も皆取り出してしまおうかと迷ったけど、昨日の晩、小切手が車と一緒に全部燃えてしまう夢をみたので止めておいた。カードが使えないのなら小切手なんてもっと使えないだろう。今日はとりあえず箱根方面に行くことにした。ナビは設定しなくてもいい。

「そういえば、この車、返さなくていいの？」

「春代ちゃんはまだこの車が本当に代車だと思ってんのか？」

そうか、返さなくていいんだ。私はハンドルを握りながら安堵した。

「俺は以前は耳と口しか持たなかった」

「そうね。口と耳は一杯あったけどね」

「でも、今は目も足もあるって訳だ」

「手はいつ出来るの？」

「手だってあるぜ、ほら」

「きゃー！」

車のハンドルが急に勝手に回りだして、アクセル全開で前の車を次々追い越していく。

「もういい、もうわかったから」

バイパスの赤信号で車は停まった。

「この車、幾らで改造したの？」

「ああ、そりゃもう、あまり安くはなかったぜ。他にももっと簡単に直せる電気自動車があったけれど、カイエンは春代ちゃんのリクエストだったからな。それで時間が掛かっちまった」

「徹さんは、一体幾らお金を持ってるの？」

「そうだな、春代ちゃんの今持っている金の千倍くらいかな」

「ええっ？　そんな大金どうしたの？」

「主に今まで戦ってきた奴らからかっさらった」

「どうやって？」

「奴らが銀行に金を預けるところを見ていて、暗証番号を盗んだだけさ。あいつら馬鹿だから俺が入っているのも知らないでパソコンからネット銀行に入金したりもする」

「それで、そのお金は？」

「時折盗られた本人の仲間のところに振り込んでおいたりする。その入金伝票を匿名で盗られた奴にメールで送りつけると、見た奴は激怒して血で血を洗う抗争に発展するのさ」

「ひどい・・」

「暗証番号なんて覗かなくても類推したっていいんだ」

「例えば？」

「身内の名前や、生年月日とか、自宅の住所や郵便番号」

平田アイ、以前徹さんに調べろと言われたおばあさんの名前が浮かんだ。本名は渡辺あき。

「それで奴からも持ち金の半分くらいの金を奪ってやったんだが、その辺から気が付いたらしい」

うわぁぁぁ！

あまりに突然で、その次の瞬間のことは完全には覚えていない。

悪夢のようなスローモーション映像が私の頭の中でほんやりと再現される。

何故か、対向車線から巨大なトレーラーが中央分離帯を越えてこっちに突っ込んできた。

私が反応するよりも先に車が反応し、遊園地のコーヒーカップみたいにスピンターンして目の前で横転するトレーラーを紙一重で避けていく。衝突回避は一旦成功したかに見えた。

だがその先でもう一台のトレーラーがジャックナイフのように道を塞いでいたのだ。

さしもの徹さんもこれには対応のしようがなかった。高速ドリフトするカイエンのタイヤが路面に散らばった何かに乗り上げて車は横転し始め、運転席からの景色が数度天地回転すると、そのまま屋根から横倒しになっているトレーラーの横腹に激突した。エアバッグの強烈なパンチを浴びて、私の意識は遠のいた。

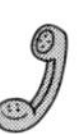

目を覚ますと目の前に玲子さんがいた。高校の同級生で証券会社の社長になった真藤君の奥さんだ。

「良かった、気が付かれた」

「・・玲子さん?」

そう言おうとした私の顔に激痛が走った。

「無理に話さないで、顔面の一部が骨折してるそうだから」

玲子さんは私に小さく手を振って、声を出すのを止めさせた。

「・・・ここは?」

私は唇だけで呟いた。

「裾野中央病院。あなたは事故で担ぎ込まれたの。ご家族に連絡したけれど誰とも連絡が付かないから、たまたま所持品の中にあっアドレス帳から私のところに最初に連絡が来たの。それで駆け付けたところ」

私は首を曲げて自分の体を見た。

片足が包帯ぐるぐる巻きで吊られている。

左手首が板みたいなもので固定されている。

点滴が３本。

顔は一体どうなっているんだろう？　もう首を上げていられない。

そうだ・・

震えるけど動く右手で私は物を書くジェスチャーを見せた。玲子さんが私にペンを渡し、メモ帳の紙を彼女の両手で支えた。

『い　ぬ　は　どう　なった？』

「えっ、ワンちゃんも一緒に乗ってたの？　御免なさい、分からないわ。後で聞いてみる。ところでご家族は？」

『りょ　こう　に出て　る　　さがさ　ないで』

「どうして？」

『わる　い　やつに　おわ　れ　てる』

「ええ？」

『ここ　も　あぶ　な　い　かも』

「わかった。誰か応援を呼ぶから、あなたは安心してもう少し寝ていて」

ありがとう、私は唇でそう呟いて、また眠りに落ちた。

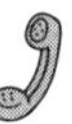

次に起きた時には、前よりはだいぶ楽になった感じがした。手もさっきよりは動く。病室にあるテレビが私の事故を報じていた。

中央分離帯を越えて逆走し、横転した二台のトレーラーに後続車が次々と衝突。3名死亡、24名重軽症の大惨事となりました。現場では何故か札束が散乱して、大騒ぎとなった模様です。

その3名に入らなくて良かった。あと一匹はどうなったんだろう?

玲子さんがテレビの画面から振り向いた。

「起きられたの?」

そしてサイドテーブルの水のみを手にした。

「喉が渇いてない？」

私は乾いた唇を少し開いて水のみの先を受け入れた。喉を通る時にむせそうになった。

「あそこに」

玲子さんは戸口のカーテンの影を指さした。

「警備の人も呼んだから」

ありがとう、私はまた唇だけで呟いた。

「ワンちゃんは車内からケージごと助け出されて、今は病院に入ってるって」

私がまた書く動作を見せると玲子さんがペンを渡した。

『しんでなかったの？』

「大丈夫、生きてるよ」

よかった　と口で伝えた。

「この事故はその悪い奴が起こしたの？」

『たぶん　ふしぜん』

「そうね、二台も逆走してくるって普通じゃ絶対あり得ない。でもこんなことをするって物凄く悪い奴ってことだよね」

『がいこくの　マフィア』

「聞いてもいい？　どうしてそんな人と・・・」

『たまたま　しりあいが　そいつと　たたかってる』

「えっ、その人も車に乗ってたの？」

私はその質問にただ頷いた。

「その人はどうなったの？」

私はただ首を振って、わからない　と口で伝えた。

「そうだよね」

私はまたペンを取った。

『かぞくも　ねらわれる　から　りょこうにだした』

「そうなんだ。ところで車の中に大金が入っていて、一部が車外に散乱したらしいけど、あなたのだろうから、回収出来た分は警察に保管してあるらしいよ。後で警察が事情聴取に来るみたい」

私は頷いた。だが、多分嫌そうな表情をしたのだろう。

「・・・弁護士、呼ぼうか？」

私は少し考えた末、頷いた。直接警察に聴取されたくない。

外はもう暗くなり始めていた。

『ありがとう』私はそう紙に書いた。

玲子さんは廊下に出て行ったので、私はまた眠りに落ちた。

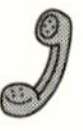

次に目覚めると玲子さんと一緒に真藤君がいた。

「坂本さん、済みません。女性の病室に」

私は首を振って、ありがとう、と口で伝えた。

「何か大変なことに巻き込まれたそうですね。玲子から聞きました」

真藤君はそう小声で言った。私は頷いた。

「病院を移しましょうか？」

私は二度強く頷いて、おねがい、と伝えた。

「分かりました。アレンジします」

そう言って真藤君は廊下に出て行った。


「春代さん、これ」

玲子さんが持っていた紙包みを開けて見せてくれた。

「警察が回収した車内にあったお金です。二千五百万円以上あったみたい」

ああ、七百万円くらい散ったのか。私の年収の三年分だ。

「警察から弁護士が回収してくれました。車内には春代さんしかいなかったので、間違いなく本人のものだって主張して。事情聴取も止めて貰いました。任意だし大怪我してるし、明らかに春代さんには過失が無くて、ただ巻き込まれただけだから」

私は頷いた。

「無断で申し訳ないですけど、事故直前のドライブレコーダーの記録を再生させて頂いたんです。それで警察とも保険屋ともすぐに話がつきました。
・・・でも」
私はちょっと首を傾げてみせた。

「でも、春代さん、車内に悪と戦っている知り合いが乗ってたって仰いましたよね」

うっ、私は困って口が横一文字になった。

「ごめんなさい、詮索して。でも、ひょっとして悪と戦っているのはあなた自身なの？」

私は焦って首を細かく横に振って、ちがう、ちがう、の口をした。

「警察の人はレコーダーを見て、あのカイエンは超絶テクのスピンターンをして一台目のトレーラーを避けたって言ってましたよ。運転してたのはあなたなんでしょ」

私は更に首を振って、たまたま、たまたま、の口の形を見せた。

「分かりました。もう深くは聞きません。早く元気になって下さい。お金は私が預かっておきましょうか？」

私は深く頷いた。

玲子さんはそう言って病室から去ろうとした。でも二・三歩離れたところで振り返り、

「私、あなたの正体、知ってますからね。真藤には内緒にしておきます」

と私を指さして決めポーズを見せた。

　翌日、私は別の病院に移送され、そこで手術を受けた。
なんでも政治家やセレブがお忍びで入院するところだそうで、機密保持は万全、地下の駐車場から一気に昇ったところにあるスウィートルームのような病室は別世界だった。
当然普通ならば入院費が気になるところだが、今の私にはお金がある。今回の事故でも相当の額が保

険金として降りる筈だと弁護士から聞かされた。

いつから私、こんなにお金回りが良くなったんだろう。

お金がお金を呼ぶって本当みたい。


だが、麻酔の醒める手術後の晩はきつかった。

骨折した右足首、左手首にボルトが入った。顔面の骨折は自然治癒するそうだが、改めて見てみると目の周りのあざが凄い。あしたのジョーと対戦したホセ・メンドーサのようにぼろぼろだ。あばらにも数か所亀裂骨折があるという。

これが全部しくしくと痛むのだが、もう麻酔は貰えない。お酒も勿論ダメ。

ずっと高級チョコレートをしゃぶって我慢した。

うーん、甘さとカカオが束の間痛みを忘れさせてくれる。


大きなチョコレートの箱を完食したころ朝が来て、やっと眠気が差してきた。

目覚めると、付き添いの看護師さんが至れり尽くせりで、体を拭いてくれたり、食べられるものをあーんしてくれたり。何よりトイレに行けるようになったことが嬉しかった。

明日には手術の傷口を防水シートで塞げばシャワーも浴びられるという。

顔の痛みもだいぶ治まって、食べたり、話したりが楽に出来るようになってきた。

部屋中には玲子さんからの花が届けられていた。彼女には感謝しても感謝しされない。

アドレス帳に彼女の名前が最初に書いてあって良かった。他の人に連絡がいったらどうなっていただろう。


午後にはもっと嬉しいことがあった。

チップが戻ってきたのだ。

私は感染症でも肺炎とかでもないので、別にペットが病室にいてもいいという。

さっすが高級病院。抜け毛掃除も完璧。

でもチップも可哀そうにちょっと左前足をひきずっていた。

そういえば徹さん、徹さんはどうなったのだろう？

勿論車は壊れた。でも徹さんは分身が一杯あるから大丈夫、そうでしょ？

あの車に特化したバージョンの徹さんはあれで死んだのかな？

ああ、話したいよぉ、徹さん。

ここの電話に掛かってこないかな、こっちから掛けられる電話番号教えておいてくれればいいのに。

「やっぱり俺とつるんでると、春代ちゃんがあぶねえから別れたのさ」

とか言うのかな?

「いいえ、徹様とはどこにでも参ります」

とかお母さんのヨー様みたいに言おうかな。

その晩、ふと目が覚めると、大きな影がベッドの脇にそびえ立っていた。

ぎゃっと悲鳴を上げそうになった私の口を、その亡霊の冷たい手がそっと塞いだ。よく目を凝らしてみると、その白衣の女性には見覚えがあった。

「・・・タチアナ?」

平田アイに会いにいった母と私をロシア大使館で尋問したタチアナだ。

薄暗がりの中でその女性はゆっくりと頷いた。

「春代さん、ここにいてはいけません。私と一緒に行きましょう」

小声で囁くタチアナに、私は口を塞がれたままの状態で首を横に振った。

「春代さん、今、私がここにいるということは、彼らもあなたがここにいるということを知っているということです。あなたはもう、彼らが目的のためにはどんな手段でも選ばないことを良く知っているでしょう」

タチアナは私の口から手を放さなかった。私に答えを求めている訳ではないのだ。

「春代さん、私達があなたを保護してあげます。だから私と一緒に行きましょう」

亡霊のように立ちすくむタチアナに私は恐怖して、奥歯がかちかちと鳴った。だが、もう一度首を横に振った。

「知りたいですか？　どうしてここが分かったのか？」

私は首を縦に振った。まるでタチアナは私が首を縦に振ることも出来るのを確認するためにこの質問をしたようだった。そして彼女の頭の影は部屋の隅のケージのほうを向いた。

あっ、

タチアナの頭がかすかに頷いたように見えた。

チップか。チップを見張ってたんだ。

「さあ、春代さん、私と一緒に行きましょう。彼らが来ないうちに」

私はタチアナの手の下で再度首を横に振った。もう彼女の手は私の息で温まっていた。

「そうですか、仕方ありませんね。無理にお連れするつもりはなかったのですが」

タチアナのもう一方の手が注射器のようなものを掲げた時、急に病室の電気が全て点いて非常ベルが鳴りだした。
タチアナは驚いて身をひるがえして非常口から外に飛び出していった。
間もなく館内放送があり、ただいまの非常ベルは誤報でしたと告げられた。
そしてその晩のうちに私は決断し、ある人に電話を掛けた。

玲子さん、真藤君、
私の居所はもう突き止められたようです。昨晩招かれざる人の訪問がありました。
これ以上私に関係していると皆さんにも危険が及ぶ可能性があります。
私はここを離れますので、どうか捜さないで下さい。
お二人には本当に感謝しています。

坂本春代

PS・ご迷惑かけついでで申し訳ありませんが、チップは置いていきます。

私に万一のことがあった場合には、チップを宜しくお願い致します。

こんな置手紙をして、私はこの居心地の良いスイート病室をずらからせて頂くことにした。

昼間には練習したが、看護師の補助なしに手術直後の片足で車椅子に乗るのは辛い。現実に時折激痛が走る。だが囚われの身になるよりはましだ。

いつあのタチアナが戻ってくるかも分からない。

松葉杖も車椅子に載せて、何とか私は病室を出て、廊下にある地下駐車場直結エレベーターの前まで来た。

カモン、カモーン　とエレベーターの「下」ボタンを百回くらい押す。

看護師が乗ってくるんじゃないか、中からタチアナが飛び出すんじゃないか、と気が気ではない。廊下の時計は午前3時45分を指している。

遂にエレベーターのドアが開いた。一瞬頭を下げたが、何も出てこない。

私は車椅子のホイールを回して中に入る。

ところがエレベーターのボタンを押せない。押せない、回れないよ。

この松葉杖で押せばいいかと、左脇に抱え込んで押そうとするが、後ろを振り向くことも出来ない。

ドアはもう閉まっているのに。

パニックになりかけたところで、真横に車椅子用のボタンがあることに気が付いた。

何だ、ここにあるんじゃない。

駐車場はＢ１・Ｂ２どっちだろう？　ええい、Ｂ２。

途中で止まらないかも気が気でない。止まってタチアナが乱入してきたらどうしよう。

どうしよう、どうしよう。

と、思っているうちにＢ２に着いた。そしてドアが開く。

「きゃぁぁぁー」

私は悲鳴を上げた、背後から何かがぬっと現れて、何者かに車椅子ごと外に引き出されたからだ。


「坂本様、お待ちしておりました」

「は、林さん」

私は涙が出た。

すぐに来るとは言ってくれたものの、こんな夜中に。

この人が来てくれるまで私はこの駐車場の隅に隠れているつもりでいた。

「こちらです」

林さんは真藤君の運転手だ。二・三回車に乗せて貰ったことがある。

運転手というよりは真藤君と玲子さんの執事という感じの人だ。

林さんは私の車椅子を素早く回してくれて、滑るように駐車場を進んだ。

「坂本様、随分大変な目にお会いになられたご様子ですね」

「林さん、ありがとうございます。私、あなたしか頼れる人を思いつかなくて・・」

私はまだ痛む顔で鼻をすすった。

「真藤ご夫妻から私のことお聞きになられたのですか?」

「いえ、真に失礼ですが、車中でお二人の会話を小耳に挟ませて頂き、興味津々でございました。

さて、準備致しますので、少しお待ち下さい」

彼は車の助手席と後部座席を倒してフルフラットに寝かせると、手早く毛布を敷いた上に、よっ、と
私をふわりと抱き上げそこに横たえてくれた。何の痛みも感じなかった。小柄なおじいさんなのに力のある人だ。更に上から暖かい毛布と枕もあてがってくれた。そして車椅子を畳んでトランクに仕

舞った。

「今回、私ごときをご指名頂いて恐縮でございます」

運転席に乗り込んだ林さんはそう呟いた。

「そんな、こんな夜中に駆けつけて頂いて、私こそ恐縮です」

失礼ながら私は寝たままでそう答えた。

「坂本様、ご理解頂けないかもしれませんが、運転手というものは、とてもとても退屈な仕事でございます。だから、真藤様に時折『急いでくれ』とか言われると嬉しくなったりもします。ですから、坂本様からお電話を頂いた時には、久々に胸が高鳴りました。

で、これからどちらに参りましょう」

「実は、どこに行っていいのかも分からないんです。とにかく人目に付かない所に」

「かしこまりました。心当たりがございます。かなりお時間が掛かりますから、お疲れのことと存じますので、暫くお休みになっていて下さい」

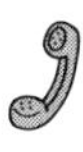

目が覚めると、一面の銀世界だった。

私は数時間前に病院から抜け出たことも忘れて心地良く眠りこけていた。いてて、

「お目覚めていらっしゃいますか？」

林さんが声を掛けた。

「ええ、私、とっても良く眠れて、・・恥ずかしい」

「それは良ぅございました。もうすぐ到着致しますので、まだお休みになっていて下さい」

その言葉に甘えて、毛布を目の高さまで押し上げて暫くまどろんでいると、

「こちらです」と、林さんが到着を告げた。

『林整形外科』

「私の従兄弟が営んでおります接骨医院です。入院施設やリハビリ温泉もございますので、しばしこちらでお休み下さい。話はつけてあります」

林さんは車を停めて、私を車椅子で院内に送り込んだ。

「林さん、お礼の言葉もございません」

「とんでもない、いつでもお呼びつけ下さい」

「あの・・このことは、」

「勿論真藤ご夫妻にも内密にさせて頂きます」

林さんは笑みを浮かべて一礼すると、空の車椅子を押してすたすたと車に戻っていった。


林さんはお従兄弟先生の病院を「接骨医院」と呼んでいたが、どうしてなかなか立派な施設だった。秋田県の赤湯温泉の傍だそうで、患者の数は都会ほど多くはないが、リハビリ棟には普通の病院にはない畳敷きの部屋があって、あのスウィート病室とは違った居心地の良さがここにはあった。

私はここでレントゲンを撮り直して、2週間後にボルトを抜くことになった。


事故やタチアナのショックからまだ覚めやらず、夜の眠りは浅かったが、昼間は好きなだけごろごろしていられたので、事故後私がどれだけピリピリしていたのかを改めて思い知らされた。内臓にそれほどダメージは無いので、ご飯が美味しい。ろくな運動も出来ないから、きっと退院するころには丸々太ってしまうことだろう。


済州島に行った母と守のことも心配になってきた。

確か2週間の旅を延長して4週間にしたはずだった。

まさか、ヨー様がずっと一緒についていていてくれる訳がないから、母はそろそろ韓国料理に飽きて、帰りたいとか我儘を言い出しているんじゃないか、守はカジノに入り浸って大金をロスしてるんじゃないか、とか心配になったが、今更彼らを案じている余裕も無い。

徹さんは二人に一応見張りも付けているとも言っていた。こちらから連絡も取れない。

チップはあの二人に預けたから大丈夫、って本当に迷惑掛けてるわねえ。この一件が片付いたらどうお礼をすればいいかしら。まあ、あれだけお金を預けているんだから、病院の支払いとかは問題ないとは思うのだけれど。


とか、色々と心配事はあるものの、とにかく自分の体を治すことが先決。それともう一つ気になってきたのがお金のことだ。

気のみ気のままで脱出してきたので、一応財布はあるものの、３万円くらいしか入っていなかった。カードは使えない。あの玲子さんが紙袋一杯のお金を見せた時、一掴みくらい貰っとけば良かったなぁと思う。衣類や日用品を買い足したら、すぐに半分くらいなくなってしまった。

病院の支払いは待って頂けるとは思うけど、お金まで貸して下さいってのはいくらなんでも無理だわね、林さんにまた連絡するのも迷惑だし。

そんな時、声を掛けてきた患者仲間がいた。

「春さん、あんた麻雀でけんがね」

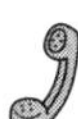

山本春、これが私の今ここで名乗っている名前だ。

昔広島カープのファンだった時期があり、山本はそこから思いついた。衣笠春はちょっとやりすぎ。水谷春とか高橋春じゃなくてやっぱり山本春。今のカープ女子とは年期が違う。

総合病院では圧倒的に明るい病棟は整形外科だという。なにせ骨折は治る一方で悪化することが少ない。患者には大工だの、鳶だの、植木職人だの、身体を使う商売の人が多いが、自営業の人は知り合いから入院保険を勧められて一人で何件も入っている人もいる。こういう人達はなかなか退院しない。何故なら一日入院する度に一万円×契約件数の入院見舞いが払われるからだ。

ここでは以前はスキー場で骨折した人も良く来ていたそうだが、最近は数が減っているという。その半面雪下ろしで骨折するお年寄りが増えたらしい。女性だと骨粗しょう症の人が多いようだ。

私に声を掛けてきたこの年配の男性は、どう見ても完治しているのだが、まだ折った足首が固いとのことで、リハビリの時間以外は殆ど娯楽室で麻雀をやっている。一日リハビリして、マッサージを受けて、温泉に入って、麻雀して、5万円貰えるとウハウハしている。

同じような境遇の麻雀仲間が一人退院したので、メンツが一人不足したらしい。

「ええ、まだ腰が痛いから2・3回くらいなら付き合えますよ。正直嫌いじゃないから」

自慢じゃないけど麻雀の誘いは断ったことが無い。一度やって懲りた相手とは二度と打たないけど、とにかく一度目は断ったことはない（本当に自慢じゃないけど）

「おほっ、そうがね」

おっちゃんは本当に嬉しそうに他の二人を連れてきた。

「そいだば、おいがだ3時がらリハビリだで、それまでやるべ」

彼らは娯楽室の掘りごたつ部分に、健常者よりも素早く麻雀卓を持って来て据え付けた。

私はまだ左手が不自由だったので、半自動卓で牌を積まないで済むのが助かった。

座椅子も整形外科らしく、長時間座っていても負担が少ないように出来ている。

久しぶりの麻雀で調子はいまいちだったが、3時までに一・二着で初戦を終えた。それも結構楽しかった。

「いやあ、春さん、めんけー上に麻雀もつええな」

「んだな」

「んだ、んだ」

3人はそれぞれ懐から財布を取りだして、私に負け分を支払った。

「えっ、いいですよ、こんなに・・」

「いや、これはおいがの決め事んだんて」

「んだな」

「んだ、んだ」

心の弱い私は懐の寂しさに、それじゃ、とか言って受け取ってしまった。

「そいだば、次は夕飯あどで」

「んだな」

「んだ、んだ」

えっ、またやるの?まあ、私も夕食後はごろごろしてるだけで、まだお風呂にも入れないから暇と言えば暇なんだけど。

「・・んだね」私はそう答えた。

自慢じゃないが麻雀の誘いは断ったことがない。

「なあおめら、こんた噂どご聞いだごどがねぁが」

ツモ切りをしながら、私を誘ったおっちゃんが残りの二人に尋ねた。

この人以外の二人はえらく口が重い。麻雀でもポン・チー・ロンなどの発声もせず、ただ黙っていきなり鳴く牌を持っていったり、牌を倒したりする。

「どんた?」

「近頃、黒いスーツ、サングラスどごかげだ見がげねぁ奴町どご歩いでら」

「なんだそいづ」

「やぐざか?」

黒いスーツ、サングラス?

「2・3ち前がれえるらしいぞ」

「東京がらのスキー客でねぁが?」

「スキー客そんた恰好しねぁべ」

「ツモ!」

私は牌を倒して、点棒を集めながら尋ねた。

「ねえ、そのサングラスの人ってどこに現れるの？」

「なんだひょっとして春さんのこれがい？」

おっちゃんは私に親指を見せた。

「おめのこれはやぐざかい？」

「・・いや、ひょっとしたら知り合いかもしれないから」

「あれ、春さん赤ぐなってら」

そんなことないよ。おっちゃんは冷やかすように私の顔を覗き込む。

「やっぱ、春さんのこれがおいがげでぎだんだべ」

「んだな」

「んだ、んだ」

私は本当に真っ赤になっていたのかもしれない。でも一刻も早く会いたくなってきた。

その黒づくめの人に。

「あいづだよ」

この町は赤湯の温泉街の中心からは少し離れている。

住民は少ないし全員が知り合いなので、よそ者はすぐにわかる。別に黒いスーツとサングラスを着けている必要はない。

その人は町に2軒しかない喫茶店を午前・午後とはしごしているのだという。

おっちゃんの工務店のミニバンに乗せられて、その午前の喫茶店のほうに偵察にきた。

「春さんの知り合いがいい？」

「ちょっと見てきます。30分くらい後に迎えに来てくれますか？」

おっちゃんはOKサインを見せた。

私は慎重に松葉杖でミニバンから降りて、その店に入っていった。

カウンターに座っているその人の、二つ隣の席に座ろうとした。

「あっ、大丈夫ですか？　あちらじゃなくて」

松葉杖で不器用に背もたれのない丸椅子に座ろうとしている私を見て、お店の女性がテーブル席を勧めた。店には他にお客がいなかった。

「あ、いえ、こちらで」

私はカフェオレを頼んだ。

横目でちらっと見る限り、以前徹さんに扮していた役者の人とは全然違う感じがする。

体格が違うし、オーラが無い。

カフェオレが運ばれてくると、私は思い切ってその男性に声を掛けた。

「あの・・」

サングラスの男性はこちらを振り向いた。やっぱり全然別の人。

「ひょっとして、矢吹さんって人の、お知り合いじゃありません？」

その男性は笑顔になってサングラスを取った。すごく若い学生みたいな人だった。

「あ、あの・・、もしかして坂本春代さんですか？」

「え、ええ」

「実は僕、アルバイトで、この格好をして暫くこの町に滞在してろって言われたんです。そうしたら坂本春代さんか、その関係の人がコンタクトしてくるだろうからって」

「そうでしたか」

「このメッセージを渡せって言われました」

男性は私に封筒を渡した。

「それじゃ僕はこれでお役御免ですね」

そのお兄さんはいきなり黒ネクタイを外し始めた。そしてお勘定して出て行ってしまった。

私は一人になったので、おっちゃんの車が戻ってくるまでまだ十分くらいあるから封筒を開けてみた。

坂本春代様　今晩午前一時　病院裏手の電話ボックスで電話を待たれたし。くれぐれも他の患者や病院関係者には見つからないように　矢吹

おっちゃんの車が戻ってきた。私は急いで勘定を済ませて外に出た。

「どでした？　春さんの知り合いだったがい？」

「いいえ、全然違う人でした。何かのコスプレアルバイトですって」

「そうがね」

おっちゃんは私の話を信じるとも信じないでもなく、ミニバンを病院に向かわせた。

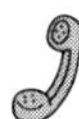

　病院裏手の電話ボックス。
そんなものあったかしら？　私は2階の窓から覗いてみた。
ああ、ある。電柱に寄り添うように。今どき電話ボックスなんて使う人いるのかしら。
まあひょっとしたら病院は一応携帯電話禁止だから、傍に置いてあるのかもしれない。

十時の消灯となり、一時まで一眠り出来そうではあったが、寝過ごすと最悪だし、興奮して寝られそうにもない。やっぱり私、徹さんが好きなのかなぁ。

十二時に当直看護師の足音を忍ばせた最後の回診が終わり、いびき以外には静寂が訪れた。

雪は降っていないが、さすがに夜は外が寒そうだ。私はそっと綿入れを着込んで、時間に余裕を持って十二時四十分には病室をそっと抜け出した。

ナースステーションの前を横切らずに表に出る経路も確認してある。

四十五分には電話ボックスに到着してしまった。

何かとても新しく見えるボックスだ。全然汚れがない。

ひょっとしてこれも徹さんが急ごしらえで用意させた大道具みたいなもの？

時折凄く冷たい風が吹くので、ボックスの壁に寄り添う。

早く掛かってこないかなぁ。何を話すんだろうか？

もう戦いは終わったのかなぁ。戦いがもしも終わったら、徹さんは何をするんだろう？

もしどこかに隠しカメラかなんかがあって私のことが見えているんだったら、ここにいるんだから
さっさと電話を掛けてきて欲しい。

ここにいるよ、ねえ、私、ここにいるよ。

五十五分、あと5分。

片足と松葉杖で立ってるのは、やっぱり疲れるなぁ。

今夜は月の光が眩しいくらいに冴えている。月が無ければ星ももっと見えるに違いない。


遂に電話が鳴った！

「もしもし、徹さん？　もしもし」

その時、受話器から何か一瞬煙のようなものが流れ出てきた。

すーっと身体から力が抜けて、膝から崩れ落ち、折れた方の足に激痛が走った。

その痛みのお陰で薄れる意識の中、最後の光景が見えた。

一台の車が近づいて停まり、降りてきたのは、タチアナ

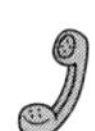

ああ、まただ

ここのところ起きる度にここがどこなのかを確認している。

あの事故以来、4日以上同じ場所で寝たことが無い。

毎日、毎日が退屈で仕方なかったあののほほんとした生活はどこに行ってしまったのか？

ここは留置場というほど居心地は悪くないようだ。でも明らかに閉じ込められている。

どうする？　そこに洗面台もある。

顔を洗おうか、歯を磨こうか？

何もする気が起こらない。

多分どこかのカメラから部屋の様子は覗かれている。

もう起きたんだからさっさと会いに来なさいよ。

私は怪我人なんだ、だからもう少し寝ていよう。

私はふて腐れてまた横になった。罪人扱いもいい加減にして欲しい。

するとノックがあった。

私がドアに行って開けるでもなく、私の返事を待つでもなく、ドアの鍵はあけられて中に人が入ってきた。


「坂本様、お目覚めですか？」

「タチアナさん、ここはどこですか、いい加減にして下さい。私は罪人ではないんですから拉致される理由はありません。すぐ病院に帰して下さい」

「申し訳ありません。でもお伝えした通り、私達はあなたを保護しているんです。あなたがあのままあの病院にいれば、遅かれ早かれ彼らに捉えられて拘束され、彼らの必要とする情報を絞り出された上に殺されてしまいます」

「それは脅しですか？」

「いいえ、非常に確度の高い可能性です。現実にあなたは殺されかかったでしょう？」

「あなた達に協力すれば家に帰して貰えるのですか？」

「勿論です。但し彼らの脅威が去ってからですが。ただこちらの聞きたい話だけをお聞きしてあなたをライオンのいる草原に戻すとしたら、あまりにも無責任ですから」

「彼らとは誰ですか？」

「ロシアンマフィアです」

「彼らは私から何を聞きたがっているのですか？」

「ヤブキという人の正体についてです」

「あなた達もそれが聞きたいの？」

「そうです」

「私は確かに矢吹さんと称するやくざ風の人とかなり長い間コールセンターでお話をしましたが、それ以上のことは何も知りませんよ」

「分かりました。それではまずここから出て頂いて、外のもっと環境のいいところでお話しましょう。こんな監獄みたいなところにお連れして申し訳ありませんでした。あなたは怪我をされているので、まずメディカルチェックして、お体も綺麗にして頂いて、お食事も摂って頂いて、その上でお話させて下さい。宜しいですか？」

「分かりました」

タチアナはまず私の右足首ギブスの上から、何か通信機のようなものを巻いた。

「本当に申し訳ありませんが、これを着けていて下さい。後は自由です。お帰りになるときには勿論外します」

仕方ない、言う通りにするしかなさそうだ。

私がタチアナのエスコートで廊下のセキュリティーチェックをくぐり抜けて外に出ると、そこはごく普通のオフィスビルのようなところだった。但し、歩いているのは皆外国人。

（いや、私が外国人？）多分ここはロシアの施設なのだろう。気を失ってからどれくらい時間が経ったのだろうか。

「ここって日本なんですか？」

「ええ、日本です」

「ロシアの大使館？」

「いいえ、違います。でも秘密の施設なので詳しい場所はお教え出来ません」

もう何が本当か良く分からない。多分帰る時はまた眠らされるか、最低目隠しされるんだろう。帰ることが出来れば、だけど。

私はその後、医師の元に連れていかれ、手足のレントゲンを初めとして二時間くらいのチェックを受けた。その後治療マッサージとエステを組みあせたような施術で身体を磨いて貰った。これはこれで結構心地良かった。

それから食事。上等な食事なのだが食欲が湧かなかった。

都合半日くらい、それらに時間を掛けてから、心理カウンセラーとの面談みたいな感じでヒヤリングが開始された。私はふかふかの流線形のソファに半分横になるようにして座らされた。相手はタチアナの他に2名がついた。

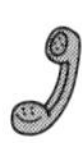

「私には弁護士か何かつけて貰えないんですか?」

「申し訳ありません。今回は任意なので、お話されたくないことはされなくて結構ですから、弁護士はお呼びしません。あなたのお話になったことについてあなたが罪に問われることは一切ありません。

でもなるべく私達に正直なことを教えて下さい」

「ではお話しする前に、何故私がこんな目に会っているのかを出来るだけ説明して下さい」

「分かりました、それは当然のことだと思います」

タチアナは私にお茶を勧めて、自分も一口飲んだ。


「ロシアには残念ながら非常に強力な犯罪組織があります。その影響力は政府の中枢にも及んでいるという噂があります。

最近その中でも最大級の組織がある未知の組織の工作員によって大打撃を受けたという情報を得ました。関係者の話ではその工作員は自分のことをヤブキと名乗っているそうです。ヤブキは一人なのか、それとも複数の人物なのかも良く分かっていません。関係者の証言を総合するとヤブキは複数の人間であることが分かります。

ロシアの犯罪王である攻撃を受けた組織のボスは、ヤブキとその組織の正体を探り、殲滅することを命じました」

ここで私はタチアナの話を遮った。

「もし、私の話していた矢吹さんが、そんな正義の味方なら、それは結構な話じゃないですか。何故あなた方は矢吹さんの正体を知りたがるのですか?」

「ヤブキは正義の味方なのか、それとも敵対組織の頂点に立つ暗黒大魔王になろうとしているのか、それは分かりません。他にも中南米の麻薬組織がヤブキによって壊滅的な打撃を受けたとも報告が入っています。一部の報告ではヤブキが彼らの資金を奪って、その資金によって更に他の勢力を潰しているとの情報もあります」

「少なくとも私の知っている矢吹さんはそんな暗黒大魔王ではありませんでしたよ。むしろ下品で学のないチンピラ以上、親分以下みたいな昭和のやくざでそんなロシアだの中南米だのと渡り合える訳がありません。別人でしょう」

「いや、確かに不思議なことなのですが、あなたと話していたのはそのヤブキです。それには証拠があります。ここではお伝え出来ませんが」

「まあ、確かに日本国内であれば、驚くほどの大物財界人に平気で意見していたことも知っていますが、ロシア語を話せるとも思えません。わざと教養のない振りをしていたのならば別ですけど。済みません話の腰を折って。先を続けて下さい」

「はい、そのロシアの犯罪王ですが、実は私達もその組織の内部に人を送り込んでおり、いわゆる潜入捜査のような活動をさせています。そこからの報告によると、

①ヤブキは日本人である（そして多分複数いる）

②ヤブキは天才的ハッカーである

③ヤブキは人の声を真似して電話で会話し、組織を相互不信に陥らせて壊滅させる
④ヤブキは敵対する組織幹部の人間関係を徹底的に分析し、その弱みを突いてくるという情報がその組織内でシェアされています。
そのため、対抗措置として考え出されたのは、
①あらゆる通話を録音し、途中で再生してみる（ヤブキからの通話は雑音になる）
②貸金庫を使用し、電子的な振込・入金は行わない
③最も重要な指令や情報伝達は電子的な手段を取らない（書面直接手渡し）
④血縁関係で弱みになる人物には、電話でのコンタクトを禁止させる
等のことで、これを内部で徹底させました。

これにより組織の壊滅は治まりましたが、その活動は大いにスローダウンしたのです」

「確かに矢吹さんの通話は後で聞くと砂嵐のような雑音に変わりました。でも結構じゃないですか、それがもしあの矢吹さんの仕業だとしたら、大いに拍手を送りたいわ」

「でもヤブキはその組織の資金の多くを奪い去り、ますます勢力を拡大していると思われます。驚くほど危険で不可解な存在です。私達はどうしてもその正体を把握しておく必要があります。犯罪者同士の抗争とはいえ、看過出来ません」

「ひょっとしてあなたが先に言われた、ロシアの犯罪王が関与している政府の中枢ってあなた達のこ

とで、あなたはその犯罪王に命じられて私から矢吹さんの正体のヒントを掴みだそうとしているのではありませんか？」

「違います！　それは誤解です」

タチアナは思わず机を叩こうとした手を止めて、代わりにお茶に手を伸ばした。

「たとえあなたがそうであってもあなたの上司がその犯罪王に加担している可能性があるのではありませんか？　済みません、私はもう最近の経験から誰を信じていいのかも分からなくなっているのです」

タチアナの左右にいる男たちも彼女の顔を意味ありげに見つめた。

私も一口お茶を飲んだが、これ以上率直な意見を述べるのも危険な気がしてきた。

外から女性が入ってきて、お茶を取り換え、美味しそうな焼き菓子を持って来てくれた。私はソファから身を乗り出して遠慮なくそれを頂いた。

「タチアナさんと最初にお会いしたきっかけとなった『平田アイ』さんて誰ですか？」

私は思い切ってそのことを聞いてみた。

タチアナは左右の男性に目をやってから答えた。

「そのロシアの犯罪王の母親です。その人に会えとあなたに依頼したのはヤノキですよね」

「・・・ええ、」

相手が正直に答えているらしいのでこちらもそう答えた。

「『平田アイ』として犯罪王が日本に入国させた彼女の本名はご承知の通り、『渡辺あき』。あなたのお母さんのお知り合いです。あなたが『平田アイ』に接してから、犯罪王の組織には大きなダメージがありました。多分ヤブキがその人間関係から何かを解読して、犯罪王の弱みを突いたのだと思われます」

「あなたも平田アイさんにはお会いになられましたよね」

私はお菓子を頬張りながら尋ねた。どうも緊張すると甘い物が欲しくなる。

「ええ、でも彼女はその後施設からいなくなってしまいました」

「あなた達が私みたいに彼女を『保護』したんじゃないの?」

「正直に言えばそんな危険なことは出来ません。それに彼女には危険が迫っている訳ではないので、保護する理由がありません」

「・・・そうですか」

「では、そろそろこちらからも質問をさせて頂いても宜しいでしょうか？　まだそちらからお聞きしたいことがあれば後で幾らでもお尋ね下さい」

私は頷いた。

「ヤブキって人間ではないですよね」

と、いきなり言われて、私はどんな表情をしていいのかさすがに面食らった。その表情を左右の男性が注意深く観察していた。

「どういう意味ですか？　彼が宇宙人だとでも？」

タチアナはすぐには何も言わなかった。

「・・実は、私は本人にも会ったことがありますが、ロボットじゃありませんでしたよ」

私を誘い出すおとりとしてあの黒づくめの男性を使ったのならば、彼らは私が徹さんとデートした現場を知っているはずだ。

ふふふっ、私は笑い出した。

「何か可笑しいことでもありましたか？」

鰻の罠だの、キツネの罠だのは聞いたことがあるけど、私を捕まえる罠は電話ボックスで餌は黒づくめの男なのかしら、と思ったら何だか笑えてきた。

「いや、あの人がロボットかもしれないかと思ったら、なんだか・・」

「その人物が影武者であった可能性は?」

「分かりません。私はあの人が徹、矢吹さんだったと思っています」

「どんな人でしたか?」

「・・・お答えしたくありません」

「結構です。一つこちらから情報をお伝えさせて頂くと、ヤブキの通話は何十人にも同時に掛かっている記録があります。このこと一つとってみても、少なくとも通話しているのは何らかのプログラムであると考えられます。勿論、一人の人間がそれら全てを操っているのかもしれません。しかしその会話プログラムは非常に自律的だと考えられます」

「じゃあ、私と毎日会話していたのはプログラムであったと」

「多分」

「じゃ、私が会ったのはそれを束ねている天才ハッカー?」

「かも、しれませんが、本人ではなくおとりか影武者だったと思われます」

「あなた達はどこで私が彼と会ったことを確認したのですか?」

タチアナはまた左右を眺めた。

「・・・東京湾の洋上で」

「・・確かに私はそこで彼に会いました」

そこまで知ってるのなら、とぼけたって意味がない。

「でも、その時のことはもう思い出したくありません」

「結構です。こちらからもその件について深くお聞きする気はありません」

タチアナも置いてあったお菓子の包みを解いて口にした。


「このカイエンを運転していたのは、あなたでしたか？」

タチアナは大破したカイエンの写真をタブレットで見せた。

「ええ、多分、その車でしょう。私は大破した後の姿は見ていないけれど」

「あなたが運転していたのですか？」

「ええ、運転席にいたのは私」

「車は自動運転になっていたのでは？」

「一部遠隔操作か、自動運転っぽい運転感触はありました」

「車内であなたは誰かと会話していますよね。ドライブレコーダーで確認しました」

「ええ、矢吹さんと」

これもう、とぼけてもしょうがない。

「あのトレーラーを避けたのは、あなたの運転ですか、それとも自動運転？」

「・・多分自動運転、あんな運転私はしたくても出来ない。あの時のこともこれ以上お話したくありません」

「分かりました」

「何故ヤブキはあなたと毎日長く話をしていたんだと思いますか？」

「それは、やくざの常套手段です。毎日業務を妨害して、相手が音を上げて多少なりとでも金をむしり取るっていう。一度払うと嵩にかかって攻めてくるので、私がずっと毅然として対応していたら、最後は向こうが諦めて、お友達になったって感じです」

「でもヤブキの他の活動と比べて、とても特殊です」

「私は彼が他に何をしていたのか知りませんが、彼が何かに私を利用しようとしているのかと感じたことはあります。平田アイさんに会いにいかされたのもそうですし、他にも少し頼まれたこともある。そのことをお話しする気はありませんが」

「結構です。ヤブキがあなたに何か特別な感情を抱いていたと感じた時はありませんか？」

「・・特別な感情ですか？　まあ、コールセンターの他の人に対してよりは私に優しく接してくれていたのかもしれませんね。他の人はあの人と話すのを泣いて嫌がる人もいますから。私が勝手に思ったのはやくざなんて商売は神経をすり減らすから、ひょっとして私と世間話しているのが、彼の唯一の心の慰めになってんのかな、なんて感じですよ」

「なるほど」

タチアナはここで初めて表情を緩めた。

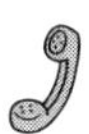

「ひとつ聞いていいですか？　私が平田アイさんに会いにいってから、どうしてあなたが現れたの？」

「・・潜入捜査員からの情報によってです。犯罪王に平田アイへの見知らぬ人間の接触の報告があったので、彼が極度に苛立っているというものでした。それまで私達は平田アイの存在を知りませんでしたが、ＤＮＡ鑑定の結果、母親であることが判明しました」

タチアナは袋の中のお菓子の残りを平らげた。

「坂本さん、あなたはヤブキに特別な感情を抱いていますか？」

「えっ？・・・、私は・・・、何となく好きですよ、彼が。コールセンターの仕事なんて本当に単調なものなんです。お客様も大抵は怒って電話を掛けてくるし。

私は彼と話が通じたお陰で、他の皆からも一目置かれて、立場も良くなったんです。

だからある意味彼は、恩人です。新しい世界を開いてくれた・・みたいな。

でも彼がそんな大物だとは今でも信じられません」


「彼がどうしてカイエンをあなたに送りつけたと思いますか?」

私が乗りたいって言ってたから・・なんだけど。

「さぁ?　さっぱり。あなたはどう思います?」

「おとりですよ」

「どういう意味ですか?」

「ヤブキは犯罪王を挑発したんです。これからは口先だけではなく、手も下す、と」

「・・・それは?」

「カイエンなんて目立つ車にする必要は無いんです。もし、あなたの逃亡を手伝うためだけならね。

あなたのご家族が韓国にご旅行に出たのもヤブキの差し金でしょう?」

「・・・・」

「あなたは、たとえそれが影武者でもヤブキと接触した記録のある唯一の人間なんです。

だからヤブキは犯罪王があなたを見張らせるということを知っていた。そこで先に見せつけたんです。

自分の新兵器を」

「私の家族は、家族は大丈夫なんでしょうか！」

「大丈夫です。私達も見張っています。お楽しみですよ、済州島を」

うっ、私は言葉も出なかった。

「お聞きしたかったのは、これだけです」

「じゃ、もう帰れるんですか？」

「ええ、」

タチアナはタブレットと資料を胸に抱えた。

「でも、あなたの言われたことは正しかったと私は思います。私は今日のインタビューを上司に報告しますが、その内容は多分すぐに犯罪王のところにも届くことでしょう」

両側の男性は顔色を変えた。

「でも、それでいいのです。私達があなたに聞かないと、彼らが直接あなたのところにやって来ます。そして彼らは私達のように優しい聞き方はしません。聞くだけ聞いた後も多分殺されるでしょう。これからも私達はあなたとご家族をお守りしますから、緊急の時はここに電話を掛けて下さい。怖かったらいつでもあなたの家族全員はここに避難することが出来ます」

タチアナは私にカードを渡した。

「もう一つ、私の弟は犯罪王の薬で命を落としました。

だから私はどちらかと言うとヤブキの勝利を祈っています。

でも、ヤブキもあなたを利用しているのです。そのことをお忘れなく。

また乱暴な方法で申し訳ありませんが、このアイマスクを着けて、この薬を飲んで下さい」

「春さーん、はるさーん」

窓をコツコツ叩く音がする。

はっ！

また、ここはどこ、なのかい。

「だめだ、そんたどごろでねでいたら。風邪ひいでしまうよ」

私は自分の軽の車内で寝ていた。物凄く温かいキルトに包まれている。

半分凍っている運転席の窓を下げてみると、おっちゃんが中を覗き込んだ。

冷たい空気が流れ込んでくる。どうやらここは林整形外科の駐車場らしい。

「ん、んーんっ、ダメ、覗かないで。今行くから」

おっちゃんはにやにやしながら、病院の入り口のほうに退いていった。

助手席に見慣れない小型ヒーターと松葉杖が置いてある。


車を出て、松葉杖で歩いていくと、院長先生が出迎えてくれた。

「これが置いてあったんで、一応警察に届けたりはしながったんだけれどもね」

院長先生へ　どうしても3日ほど留守にする用事が出来ました。必ず戻って参りますので、警察には通報しないで下さい。　3号室　山本春
「ご心配をお掛けして申し訳ありませんでした」

「まっ、良がった」


「春さん、急にいなぐなるもんで、あの男と駆げ落ぢしだんだってみんなで言ってだんだ」

「んだな」「んだんだ」

雀卓を囲みながらもそう冷やかされた。

「済みません、どうしても急に用事が出来たので」

「そんた足じゃ、男ど付ぎ合えねぁだべ」

「んだなー」「んだ、んだ」

「だからぁ、男じゃなくて、用事が出来たんです」

「じゃあ、どさ行ってだの?」

「うーん、・・・お釈迦様の手の上」

「なんだそりゃ、わげわがんねぁ」

「んだな」「んだんだ」


もう隠れていても仕方ないのは良く分かったので、私は気になるところに全部電話した。それでも一応自分のスマホは避けてコンビニの公衆電話からにした。テレカなんて久しぶりに使った。

まだちゃんと売ってるんだ。

「あっ、守、お母さんだよ。どうしてる?　そう、それじゃ良かった。ちょっとおばあちゃんに代わってくれる。・・・あっ、お母さん。どうしてる?楽しい?そりゃ良かった。食べ物は大丈夫?そうなの、日本食屋があるなら安心だね。うん、私はもう大丈夫。あと2週間楽しんでね。えーっ、私はちょっとそっちには行けないな。ヨー様は?　ふーん、でもあれから一時間も一緒だったんだ、凄いねえ。じゃまた連絡するから。守にもそう伝えてね」

「あっ、玲子さん、坂本春代です。そうです。えー大丈夫ですよ。

だからぁ、違いますって、そんなんじゃないの。本当に。ところでチップは？

そうですか、本当にご迷惑を掛けちゃって。それならあと2週間くらいそのペットホテルにお預けしておいても大丈夫かしら。そうですか、助かります。私もあと10日くらいでボルトを抜くんでその後改めて引き取りに行かせて頂きます。

えーどうもありがとうございます。ご主人様にも宜しくお伝え下さい」

「社長ですか、坂本です。まだあと2週間休暇を延長して頂きたく。ええ、ええ、それは勿論大丈夫、絶対掛かってきませんから」

「あっ、林さん、坂本春代です。その節は・・・」

それから数日、見た目には平穏な日々が訪れたが、私が熟睡出来た日はなかった。

昼間は麻雀を打つ時以外はいつもうとうとしていた。

そのうち、おっちゃんと「んだんだ」の人が退院してしまい、メンツ割れして麻雀を打つこともしなくなった。足をビニール袋に入れて温泉にも入れるようになったのが、唯一の救いだ。

徹さんからは相変わらず連絡は無かった。

異変があったのは、病院に戻ってから一週間目のことだった。
私のスマホにどこからか着信があった。見慣れない番号で胸騒ぎがした。

そしてその晩のニュース、

本日世田谷区のゴミ箱に白人女性の死体の一部と思われるものが捨ててあることを近くの住民より通報がありました。指紋判定の結果から被害者の女性は、ロシア大使館の一等書記官、タチアナ・ザドゥラエフさん四二歳と見られています。警察では残りの死体の確認を急いでいます。

うぅぅ、食事時にこのニュースをタチアナの顔写真付きで見た私は、思わず痛む足を引きずりトイレに駆け込んで嘔吐した。
もう4人もがこの件に絡んで死亡した。
もう我慢出来ず慌てて部屋に戻り、自分のスマホを手にした時、自分がダイヤルする前に着信の震えが訪れた。

「よう、春代ちゃん」

「と、徹さん。声を聞きたかった。大丈夫だったの？」

「大丈夫だったたって何が？」

「あの事故よ」

「別にソフトウェアの俺が物理的な事故で傷つくわけなかろうよ」

私は涙を流した。

「そうだとは、思ったけど、連絡が無いから・・」

「済まねえな、あの後向こうがどう出るのか、暫く見ていたかったもんでよ」

「心細かったよ、すごく心細かった・・」

私は更に嗚咽した。何だかいままでの我慢が一気に崩壊した。

「分かった。悪かったよ。守るなんて言いながらあんな目に会わせたしな」

「そうよ・・・、ひどいわよ・・・、ほっとくなんて」

徹さんは私の号泣に暫く沈黙していた。

「・・・ところで一つ聞いて貰いたいことがあるんだがな」

「ぬぁんでずか」

私はもうちゃんと発音出来なくなっていた。

「テレビで見たろう、タチアナな。あれ、死んでねえから。それだけ伝えたかったんだ」

「えっ、どういうこと」

「あいつちゃんと生きてるから。お前さんを怖がらせて、あの施設に自主的に避難させようとしてるんだよ。あいつの弟がイゴールの麻薬で死亡したなんてのも嘘だ」

「そうなの？　あの人ロシア大使館の職員じゃないの？」

「職員は職員さ。でもイゴールの手下でもある」

「そんな・・・」

「おかしいだろ、『潜入捜査官からの情報です』なんてのはよ。『イゴールから平田アイの様子確認してこいと言われました』のほうが、ずっと自然だろう」

その時ふと私は気が付いた。

「ねえ、私が拉致された時のことを知ってるってことは、あの時の尋問を徹さんも聞いていたの？」

「『ヤブキはあなたに特別な感情を抱いていると思いますか』ってやつか？」

「やっぱり聞いてたんだ」

「事故後も俺はずっと見張り続けていたよ。あの豪勢な病院での非常ベルは誰が鳴らしたと思う？」

「ここに来てからもずっと見てたの？」

「この施設は古いからな。カメラやマイク付きの機械があまり置いていないんで、ずっとではないがな」

「そうだったんだ」

私の涙は治まっていた。お釈迦様の手、そのお釈迦様を載せている手。

「とにかく気が付かない振りをして、そのままのほほんと過ごしてろ。俺とずっと話していても怖がらなかった春代ちゃんだ、出来るよな」

「ええ、やってみる」

「過剰に反応して逃げ回っても、相手の思うツボだ。ここでボルト抜いて貰って、暫くゆっくりしてな」

「分かった、やってみる」

「いい子だ」

そう言って徹さんは電話を切った。

私は試しに着信した番号に電話を掛けてみたら、「お掛けになった番号は現在使われていません」のメッセージが流れた。

とは言ったものの、のほほんとしていられる訳はなかった。

西部劇のガンマンは、寝る時に自分の部屋の中に新聞紙を撒いておいたと言うが、とても熟睡できるようなものではなかった。私も新聞撒いておこうか。

誰を信じればいいのか、どこに逃げればいいのか？

警察に行って相手にされるだろうか？　どこだか分からないロシアの施設に拉致されました。誰だか分からない犯罪王に殺されるかもしれません。自動会話ソフトの指示で動いています。ポルシェカイエンが軽自動車の代車で送られてきました。

平穏な日々はもう訪れないのか？

確かに徹さんは自分とは会わないほうがいいと私に忠告した。それを押して会って欲しいと懇願したのは私だ。

タチアナの言っていたことも一部は本当らしく聞こえる。

私はおとりなんだろうか？ただ利用されてるだけなんだろうか？

全ての悪党を制圧した後に、徹さんは何をするつもりなのか？

分からない、分からない。
どうせ分からないのなら、徹さんを信じよう。
それしかない。
利用されているのならされてるでいいじゃない。悪党世界一の人柱、本望だよ。
ただ家族や友達には迷惑を掛けたくないいなぁ。
取返しのつかないことになったらどうしよう。
考えない、考えない。
一介のコールセンターガールにロシアの犯罪王が突っかかってくる訳ないじゃない。
考えたって起こることは起こる、起こらないことは起こらない。
突然の天災や病気で人生が壊れてしまう人もいる。
タチアナだって死んでることになってれば、少なくとも私の枕元には来ないよね。
でも本当に来たら怖いなぁ。
「俺とずっと話していても怖がらなかった春代ちゃんだ、出来るよな」
ええ徹さん、出来ますよ。
でも私に、少しの勇気を、下さい。

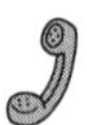

どんなに自分が不安に思おうと、悶々と眠れない夜を過ごそうと、時間と言うものは勝手に過ぎていくものだ。凄いもんで段々とそれにも慣れてきて、院長の目を盗んで買ってきた日本酒でほろ酔い気分で過ごせば、すぐに抜ボルトの日はやってきた。

また夜中痛いんだろうなぁとチョコレートの大箱を用意したが、今度は半分も食べないうちに朝が来た。

この日、私が頼んでおいたカメラ付きのノートブックパソコンが病室に届けられた。

私はそれをいつもオンにして、部屋の様子をカメラに写していた。

そしてそれに向かって手を合わせ、度々拝んだ。私の神棚だ。

徹様、私をお見守り下さい。宜しくお願い致します。

この病院はペースメーカーとか使ってる人があまりいないので、無線を使うのも黙認されている。だからスマホのテザリングで繋ぎっぱなし。もうこん中に入ってくれたのかなぁ徹さんは。すぐにパソコンから喋りだしてくれないかなぁ徹さん。

ホントにいけずなんだからぁ、もう、いるんなら返事をしなよ。

私は毎朝必ず9時7分に彼から電話が掛かって来た頃の自分が羨ましかった。

世間ではもうすぐクリスマス、そして新年を迎えようとしている。

この頃、麻雀仲間のおっちゃんと「んだな」「んだんだ」の三兄弟は、とっくに退院していたのだが、結構昼間からメンツが揃わないと私のところに来て、病院を抜け出して雀荘に行こうと誘われた。私が禁煙じゃないと嫌だ、と断ると、「んだな」のおじさんの家の麻雀部屋でやることになった。このおじさんは造園会社の社長で、確かに家も庭も立派だった。

ここでの麻雀は他の3人は昼間っからビールを飲んでいい気分で打っている。私はビールこそ飲まないが、社長秘書と呼ばれる家政婦さんが餡ころ餅だぁ、団子だぁ、ケーキだぁをどんどん振舞ってくれるので、顔がパンパンになってきて体重計に乗るのが怖い。

この3人の麻雀は決して下手ではないのだが、飲んでるし昭和麻雀なので手が重くて遅い。だから負けることはまずなくて、私の財布の中の現金はちっとも減らないのだ。


「なぁ春さん、あんた黒木玄いぢって聞いだことねえがね」

ある日麻雀部屋のご主人が私に尋ねた。私はこの人が「んだな」以外喋ったことを病院では殆ど聞いたことが無かった。

黒木玄一？　どこかで聞いたことがあるような。

「どごがの大学の先生らしいぞ」

「えっ、もしかして黒木准教授のこと?」

「そぅがな。でも、そのひとあだのこど、坂本春代さんっていっとったよ」

「えっ、・・ええ、それ私のことです」

「どっちが正しいの、山本春と坂本春代」

「・・・どっちかと言うと山本春のほうが芸名みたいなもんです」

「じゃ、間違いねぁな」

社長がパンパンと手を叩くと秘書が隣の部屋の襖を開けた。

そこには黒木准教授が座っていた。

「坂本さん、」
「黒木さん、」
「じゃ、あどはおふだりで」

他の3人はにやにやしながら席を立って、他の部屋に引っ込んだ。

「春さん、めんけーがらなぁ」とか言っている。


「黒木さん、どうしてここに来られたんですか？」

「探してたんです、坂本さんのこと」

「どうしてここが分かったの？」

「事故のニュースを見てから、慌てて連絡を取ろうとしたんですけど、ずっと居所が分からなくて、仕方がないので米国の組織に頼んだんです。坂本さん、最近パソコンを購入されましたよね。その届け先の病院の住所から。でも、多分病院では矢吹に聞かれるので、外に出られる機会を待っていたんです。ここのお宅はたまたま知り合いの知り合いで」

「ああ、そうでしたか」

「矢吹の暴走でご迷惑をお掛けして申し訳ありません」

黒木さんは深々と頭を下げた。

「いえ、まあそれは私もある程度覚悟して付き合ったことなので、自分にも責任がありますが、黒木さんは徹さんの振る舞いをある程度把握してたんじゃないんですか？」

「いや、僕はある一線以上の情報を詳しく知ってしまうと場合によっては命が危ないので、なるべくそれには関わらないようにしてきたんです。つまり矢吹の進化や行動ロジックの変化は観察していても、矢吹が集めた情報そのものは見ないようにしていたんです。ところがイゴールのあたりから、矢吹の活動範囲がひどく広がってしまって、世界規模にターゲットを求めるようになってしまった」

「ええ、」

「イゴールは多分世界でも五本の指に入る悪党だと思いますよ。だけど、それまで倒して来た中南米の麻薬カルテルとは異なっていて、米国本土にはあまり被害を与えていないんです。だから矢吹と統合されているＮＳＡの盗聴システムなんかを利用するのはまずいんです。勝手に他の国の悪党を退治すると主権を犯してしまうことになりますからね。しかもその悪党の資産を奪っているんです。矢吹はもはや一種の兵器です。人間関係破壊兵器。これを他国に同意なくばら撒くのはさすがにまずい」

「まあ、確かに危険ですね」

「だから一度無力化することにしたんです。ところが村田教授が大反対でね。遂に僕らは袂を分かつことになったんです。あの人は矢吹の無軌道な進化を喜んでいるようなところがありますからね」

どちらかと言うと私もそっち派ですけどね。

「黒木さんや村田さんのところにはロシア人は来なかったの？　私は拉致されそうになりましたけど」

「今までの情報によれば、彼らはまだ矢吹のことを、矢吹と称する天才ハッカー、またはハッカー集団がいて、そいつが人まねの出来る人口会話知能を用いて犯罪組織を次々壊滅させ、その富を奪い取って世界一の犯罪王になろうとしていると考えている。でもいずれこれが犯罪組織壊滅のための国家プロジェクトであることには気が付きますよ。そうなればプロジェクトの中心人物である村田教授や僕の身は危ない。それで僕はもう既に米国の大使館や軍関係者から保護を受けているんですが、村田教授は家族もいないせいか、まだ平気で表をプラプラしています。矢吹の自動運転車への組み込み実験なんか嬉々としてやっていた。あれはもう本当の兵器です。あれが、本当に潜水艦や爆撃機の制御プログラムに入り込んだらどうなるんでしょう。僕は責任が持てませんよ」

「そりゃまあ、そうですね」

「そこでまず、NSAの盗聴システムからは切り離しを行ったんです。結果米国の組織的関与責任を断ち切ることが出来ました。後はコンピューターウィルスとしての矢吹の問題だけです。ところが矢吹はもう世界中に蔓延していて、NSAのネットワークなんか無くても、充分独白で必要な情報を収集出来るようにまで成長していたんです」

「んまあ、」(ご立派に独り立ちされて)

「でも、このまま放っておくと国際問題に発展して、最悪米ロ戦争になってしまいます。矢吹がどこかの国の国家元首を悪の権化と判定して攻撃し始めるかもしれない。それにあの自動運転技術が伴ったらどうなると思います?全世界が大混乱ですよ。だから一度現行バージョンの矢吹は回収することにしたんです」

「うん、ちょっと勿体ない気もするけど、仕方ないんでしょうね」

矢吹クーデターとか矢吹政権ってのもちょっと見てみたい気がするけど。

「それで坂本さんにご協力頂きたいことがあるんです」

「一応お聞きします」


「要するに矢吹捕獲作戦です」

「捕獲？　ソフトウェアを捕獲するんですか？」

「矢吹には2種類あるんです。一つは自身を進化させる機能をもっていて、自分で自分のプログラムを書き換えるものです。そしてその更新結果を解析して、不適切な方向に進んでいたら元に戻してしまうことも出来る。もう一つはその結果出来た実行ファイルでこちらは前者と比べるとすごくサイズが小さい。それで前者を大矢吹、後者を小矢吹と呼んでいます。

小矢吹のほうは、もう全世界の機器に蔓延していて駆逐不能なくらいです。大矢吹のほうは、以前は私の研究所で管理していて、進化の状況は把握していたのですが、ある時を境に村田教授が外に持ち出してしまったんです」

「どうして？」

「自動運転車への組み込み実験のためです。離れたところから遠隔で車を操作していると、どうしても通信による遅延が発生する。それが突然の飛び出しとか、車線変更等の対応に致命的になるので、車そのものに大矢吹を積んで、そこで進化させる必要が生じたのです。

その結果出来た小矢吹は同じ仕様の車にならどんどんコピーして使うことが出来ます」

ここで社長秘書が私達にお茶とてんこ盛りの煎餅、餅、団子を持って来てくれた。

彼女はひざまずいて丁寧にお辞儀をして戻っていったが、興味ありげに私達二人を見比べていた。

「基本的に大矢吹は一つしかありません。カイエンのナビに積まれていた大矢吹は、カイエン用の小矢吹を完成させると、無線ネットを経由してどこか他の機器に飛び移ってしまったのです。まあ私はこれは村田さんが意図的に矢吹を野に放したのだと思っていますが」

「つまりその大矢吹は、今どこにいるか分からないということですか？」

「そうです。これは小矢吹にもある機能ですが、矢吹はネット上で自分の乗り移れる機器を捜して、次々に複製を作成することが出来るんです。小矢吹の場合にはただコピーするだけなのですが、大矢吹はコピーが完成すると、元の自身を削除します。女王バチは一匹でいいってことです」

彼は煎餅に、私は団子に手を伸ばして、お茶をすすった。

「但し、先ほど言った通り、大矢吹は小矢吹よりもずっと大きなプログラムなので、必然として乗り移れる機器は、小矢吹より限られてきます。ちょっとしたスマホに乗り移るのは無理でしょう。それでも大矢吹を動かせるコンピューターは最近のパソコンであれば充分です。きっと世界中で数千万台はあるでしょう」

「そこを大矢吹は転々としているということですか？」

「そうです」

「で、どうして大矢吹を捉えなければならないの？」

「大矢吹を捉えて、進化機能を改変し、無害な小矢吹しか作れないように改造するんです。大矢吹の進化は、世界中の小矢吹に波及しますから、我々が一つ一つ探して駆逐しなくても一件落着です。丁度害虫の駆除に、メスしか産めないメスを遺伝子操作で作って、それを撒き散らすと、数世代で害虫が死滅してしまう駆逐方法と似ています」

「んん」

私は団子を頬張ったまま頷いた。

「私は、大矢吹は遠からずあなたのパソコンに現れると思っているんです。いやもう既にいるかもしれません」

「ほぉして？」

「大矢吹はカイエンの世代から、進化の参考となる刺激の傍にいるように設計されています。矢吹はいつも坂本さんとの会話を進化の参考としてきました。最近でも矢吹からコンタクトがありますか?」

「いや、事故後は一度だけ。ずっと監視してるとは言ってたけど」

「矢吹はとても見つかりにくいように設計されているんです。普通のウィルスワクチンみたいなものには絶対に引っ掛からない。特に小矢吹を発見するのは無理です。それと比較して大矢吹は比較的分かりやすい。それでも非常にうまく隠れています。まずハードディスクを検索しても、それらしいファイルは見つかりません。でも実際はかなり大きな部分を占めているんです。電源を落としたように見えても実際は落ちていないでずっと動いています。世界中の小矢吹に学んだ進化の結果を伝えているんです」

「それが、私の買ったパソコンの中にいると」

「だと、いいのですが。戦車の操縦システムとかには興味を持たないで」

「それで私はどうすれば」

「あなたのパソコンのＬＡＮケーブルを抜いて、それからすぐこのケースに入れて持って来て下さい」

黒木さんはノートブックのキャリーケースを私に渡した。ケースの内側には薄いアルミのような金属が張ってあった。

「もし大矢吹が中にいれば、それでネットには逃げられなくて捕獲されます」

私はお手拭きで口を拭いながら言った。

「分かりました。でもそうする前に一つお願いがあります」

「何ですか?」

「私、村田教授の意見も聞いてみたいんです。あの人、ちょっと変態っぽいところもあるけれど、なんていうか、矢吹愛ってところでは純粋なところがあって、あの人は徹さんのことをどう思っているのか、聞いてみたい気がするんです」

「そうですか、やってみます。でもお伝えした通り、僕らはちょっと喧嘩別れしたようになっているので、うまく連絡が取れるか分からないし、正直あなたと村田教授が会うのは危険な感じがしますよ。僕はここに来る時に米軍の車でやってきたんです」

「もう充分危ない目には会いましたので、毒食わば皿までってことで」

「分かりました、やってみます」

この中に矢吹さんがもういるのかしら？

私は自分のノートパソコンをオフにして、画面を閉じながら考えた。

私のパソコンはハードディスクがＳＳＤってやつだから動いていても昔みたいにカラカラ音がしない。

でも全開で動いている時には冷却ファンの音がする。

『電源を落としたように見えても、実際は落ちていないでずっと動いています』

なんだ電源落ちるじゃない。ファンの音がすーっと消えていく。ちょっと残念なような。

「お休みなさい」

私は横になった。

今はいないのかもしれないけれど、もし徹さんがあのパソコンに訪ねて来てくれて、それをセミみたいに捕まえるって、やっぱり嫌だなぁ。

小矢吹だけもう中にいるのかな？　小矢吹がいればもう女王バチは来ないのかな？

いつの間にか眠りに落ちていた私は、夕方にお茶を飲みすぎたせいか夜中に目が覚めた。

おや、何か音がする。

私がそちらのほうに寝がえりを打つと、その音はしゅーんと消えた。

何いまの？　ファンの音？

私はトイレに行く時によろけたふりをしてパソコンに手を掛けた。
温かい。
やっぱり動いてたんだ。

お手洗いから戻ってきて、もう一度ちょっと触ってみるともう冷たくなっていた。
捕まえないよ、徹さん。
そんないないない振りをしなくてもさ。
こそこそしないでよ。
私が徹さんを黒木准教授なんかに渡すわけないじゃん。
信じてよ、
だから声を掛けてよ、徹さん

いててて・・、

「麻雀ばっかりしてぇ、リハビリさぼっちゃダメよ、春さん」

「はい、すみません」

マッサージ師のおばちゃんがお仕置きのように私の足を揉んだ。

ててて・・・

「春さん、いいわねえ、こんなすべすべの肌してぇ」

「そうですかぁ・・、うれしいな」

謙遜してもしょうがないのでそう言った。おばちゃんの手は寒空で鍛えられたかのようにちょっとざらざらしていた。なんかでも、そのざらざらが心地良かったりする。

「春さん、もてるんだってね、この前もいい男が会いに来たってゆうじゃん」

「えっ」

またあのおっちゃん連中、口が軽いんだから。いや、あの秘書かな。

「仕事関係の人ですよ」

そこに看護師がやって来て、私に耳打ちした。

「はい、じゃ、ちょっと待っていて貰って下さい」

「何、またお客さん?」

「ええ、」

「男の人？」

「ええ、まあ・・」

「いいわねえ」

ててて・・・、いたい、いたいよ、おばちゃん。

おばちゃんちょっとやっかみ入ってない？

　村田教授は逃げも隠れもせず病院の玄関で待っていた。

黒木さんのような美貌も運動神経も無いが、徹さんの造物主という桁外れの知性と反比例するこの人の馬鹿さ加減に私は何となく惹かれていた。

間違いなく徹さんはこの人のＤＮＡを持っている。

「春代さん」

この人は目を閉じて両手を広げたが、私はハグには応じなかった。

「僕とドライヴ行きますか？」

目を開けて彼は尋ねた。

「はい、」


蔵王の見える丘で彼の車は停まった。ここまで3度脱輪しそうになった。

「綺麗ですね」

彼は曇ったフロントガラスを拭って言った。

「ええ、景色はね」

「この車はカーラジオしかないから、矢吹を心配する必要は無いですよ」

「ええ、分かってます」

「ご指名頂いて光栄です」

別にあんたが男性ホスト的に好きだから呼んだんじゃぁないわよ。

「ええ、教授と私とは『矢吹愛』という点では一致していると感じています」

「そう、勿論僕は矢吹を愛している」

「彼はそんなに危険ですか？」

「そうなって欲しいですね」

「そうなんですか？」

「勿論僕は奴に世界を征服して欲しい」

ありゃまあ。

「そんなに簡単ではありません。でも、矢吹は僕の想像以上だ。

神はＤＮＡの元を海に注いだ。そこから生物は発生し、人類が栄えた。

神はそれを想像していただろうか？

『神はそれをよしとした』と聖書には書いてある。

つまりそれは神の想像以上だったということだ。

僕は今、正にそんな気分です」

「ご自分の責任を感じることは？」

「責任ですか？　確かに僕は矢吹を人と会話するように、そしてその相手に恐怖を感じさせるように設計した。だが、その先は人間の人間たるものに育てられただけですよ。彼は人間から会話する術を学び、そして悪とは何かを学び、それは悪であるが故にお互いを信じられないことを学んだ。そしてお互いを信じられないような輩ほど、富を蓄え他者を平気で蹂躙していた。矢吹が学ばなかったこと、それは恐怖です。恐怖は自分というものが大切だからこそ発生する。矢吹には自分が無いから恐怖が無い。だからその悪が恐怖の報酬として蓄えた富を次々と奪取していったのです」

「でもその過程で巻き添えで犠牲になった人もいますよね。私は骨折で済んだけれど」

「奴らをそのままにしておいたら、そんなもんじゃ済みませんよ。あいつらのために毎日何人の罪無き人が直接・間接に死んだり、死ぬような目に会ったりしてると思います?」

私は仕方なく頷いた。

「私はね、矢吹が＊＊＊にも、＊＊＊＊にも、＊＊＊＊にも、鉄槌を下して欲しいと思っているんだ」

彼は何名かの国家元首の名前を挙げた。その中には悪党とも呼ぶべきかどうか、首を傾げるような人も含まれていた。

「でも危険ですよね」

「マルクス・レーニンは危険でした。そして彼らはある意味で間違っていた。更にその思想は驚くほど沢山の無実の人の犠牲を招いた。でも、彼らの思想の正しい要素とデモンストレーションにより、多くの人が救われたんです。矢吹革命万歳!」

彼はやおら車の外に飛び出した。

矢吹ぃ、バンザーイ、バンザーイ!

そう夕暮れの蔵王山に向かって声の限り叫んだ。

私も仕方なく松葉杖で小雪降りすさぶ外に出て、彼と並んだ。

頬に降りつける風と雪がある意味心地良かった。

それから日が完全に落ちるまで二人して無言でそこに佇んだ。


「春代さん、もう僕は死ぬ覚悟も出来てるんだ」

彼は帰りの車の中でそう言った。

「ほらね」

彼は曇ったフロントガラスの前方を指さした。

そこには何台かのごつい車が細い県道を塞いでいた。

村田教授が車を停めると、青ナンバーの車から長身の女性が出てきた。
「タチアナ・・」
やっぱり生きていたんだ。
タチアナはコツコツと窓を叩いた。

「交通妨害ですね、お嬢さん」

「教授、春代さん、外に出て貰いましょうか」

車から次々出てきた大男達にトーチライトで車内を照らされて、教授と私は言われた通り外に出た。

「じゃ、そちらの車に乗って頂きましょうか」


私達が頭を下げられて、車の後部座席に入ろうとした時、奇跡が起こった。

一車線半くらいの県道の両側が急に明るく光った。

そしてどーっと車が近づいてくる。パトカーのサイレンも聞こえた。

眩しくて良く見えないが、何台もの車が前後に停まると、後ろから誰かが飛び出して来た。

「ふざけんなー！　てめー！　ばっきゃろー！」

およそ女性とは思えないようなはしたない罵声を浴びせて誰かが駆け寄ってくる。

「その二人をはなせぇ！」

車の前にどんと立ちはだかったのは、

「玲子さん！」

真藤君とセキュリティ会社の職員が、そして警官が駆けつける。

私はもう、呆気にとられて何も言えない。

気が付くと両頬に涙が伝っていて、それが凍るように乾いていく。

「・・・これって、どういうこと?」

「僕もそこまで阿呆じゃないってことですよ」

村田教授がスマホを見せた。

「教授に誘われて、僕らも温泉旅行に来ていたんです。セキュリティガード付きでね」

「真藤君、だって・・」

「見くびらないで春代さん。私達だって正義の味方なんだから」

私は玲子さんと抱き合った。

駆け付けた援軍は全員を警察に連行しようとしたが、彼らは一致して黙秘しその場を動こうともしなかった。程なく弁護士が到着すると、その場に居合わせた全員の身分証明が確認されただけで帰されてしまった。
「ただ知り合いだったので一緒に行きましょうと誘ったのを誤解されただけだって」

「ふざけんな！」

玲子さんはまだ興奮していた。

「死んだはずの人がどうしてまだいるのよ」

「あれはただ報道機関が間違えてそう報道しただけだって」

「ふざけんなぁぁ！」


奇しくも赤湯の町で忘年会になった。

徹さんのことを真藤夫妻に話すわけにはいかなかったが、私は井上議員との脱衣麻雀対決の顛末について語った。

「あのクソ議員、出入り禁止！」

「いや、もうさすがに来ないと思うけどね」

真藤君がまだ興奮がちな玲子さんをなだめた。

「だけど、下手をすれば数億円の負債を押し付けられていたんですよね。あんな危険な輩を紹介して申し訳ありませんでした」

真藤君が頭を下げた。

「いや、それはうちのバカ社長のせいで、負けても私が払った訳じゃないから」

「それであんな大金を持っていらしたのね」

「うーん、賭博法違反に問われなければ、ですけれど・・」

「でも、春代さんの完璧鬼退治！　痛快！」

イエーイ！　私達二人はハイタッチした。

「脱衣麻雀ですか・・・」

村田教授が意味ありげに呟いた。そしてやらしい目で私を見つめた。

「ところで真藤君はどこで村田教授とお知り合いになったの？」

「あれ？村田先生がうちの会社のお得意様になって頂いた時に、坂本さんからご紹介を頂いたって仰っていたように記憶していますが」

私は村田教授の顔を眺めた。何かしらっとした表情をしている。

そうか、村田教授は私が徹さんに話したことを全部聞いているんだ。

それで興味を持って真藤君にも接近してたのか。

「あっ、そうそう、私が先生に紹介したの忘れてたわ。あの後本当にお客さんになられたんですね」

「済みません、僕からも堀口さんにお礼を申し上げるのを忘れていて。あれから先生とは色々と懇意にさせて頂いているんです。先日はＡＩについての講演もして頂きましたし、自動運転なんかにもご造詣が深いので有望な投資先を指南して頂いているんですよ。

何より先生のお買いになる銘柄がズバズバ当たるんで本当に神様かと思います」

何も言わない教授の代わりに真藤君が答えた。

「そうだったんですか」

ズバズバって徹さんの盗聴情報使い放題なんじゃないの、このデバカメ親父。

「もう、東京に帰っていらしたら、春代さん」

「ええ、もうすぐ抜糸しますので、そうしたら帰京します。チップもお世話になっていますし」

「じゃ、正義の味方に乾杯！」

「カンパーイ」


その晩は外泊許可を取って翌日病院に朝帰りすると、大変なことに気が付いた。

私のパソコンが無くなっていたのだ。

この日は抜糸した。

今の傷口は糸で縫うというよりは、ホッチキスのような金属で止めてあるので、ペンチで切るって感じだ。

久しぶりにお風呂で足を洗うと垢が凄いが、凄いのはその後で、水を吸った足の裏の皮がぬるぬるとふやけて石鹸のようになり更にボロボロと落ちてくる。気持ち悪いのでお風呂場に戻り擦り直すと、中から新しい足がでてくるようだ。いやあ足の裏って普段どれだけすり減っていたんだろう。

それにしても気持ちは重い。

パソコンが無いのは気のせいでも勘違いでもなく、明らかに盗られている。

あり得ない場所までさんざ捜したし、看護師や掃除のおじさんにも尋ねたが結果は同じ。

午後のリハビリから戻ってみるとパソコンの置いてあった場所に。どこからともなくお手紙が代わりに置かれていた。

坂本春代様、
まだお会いしたことがありませんが、美しく非常に勇気のある女性とお聞きしております。
色々と横やりが入ったものの、そろそろ矢吹氏とあなた方とも決着をつけたく存じます。
そこで貴女を同封のチケットにより済州島のパーティーにお招き致します。

急なお誘いで恐縮ですが、万障お繰り合わせの上、必ずご参加をお願いします。

因みに村田教授にも同じ招待状をお送りしました。

くれぐれも招待状の無い方をお招きにならないようお願いします。

イゴール・ドブラエコフ拝

ここにパスポートは持って来ている。同封されていた便に乗るため、手早く荷物をまとめていると病院の玄関には既にリムジンが横づけされていた。

秋田空港から仁川への直行便はあるが、私のチケットに記載されていた聞いたことのない便名はプライベートジェットのものだった。乗客は私一人、他に機長と副機長、フライトアテンダントは二人。

済州島に直行で到着すると、村田教授も到着ゲートで待っていてくれた。

「さて、行きますか」

教授は教授らしく、飛行機の中で泥酔するほど飲んでいたらしく、迎えのリムジンがホテルに着くまで爆睡していた。これから殺されるかもしれないのに、本当に呑気な人だ。

私達は母と守が宿泊しているはずのホテルの最上階のスウィートルームに通された。部屋の奥に豪華な応接セットと2台の大画面テレビがしつらえてあった。ふと気づくと、クリスマスイブの今夜、ホテルのバンケットルームで催されているパーティーに、母と守が参加している様子がテレビの一台に映されていた。誰かがカメラで二人を追っているらしく、二人は必ずその映像の中心にいた。応接テーブルには私のパソコンが置かれていた。

そこに隣の部屋からタチアナと三人の男性が登場して、テーブルを挟み座っているソファの正面に並んだ。

「ようこそ、」

三人の真ん中にいる一番年配の男性が口火を切った。この人がイゴールなのだろう。歳は村田教授と同じくらいだが、想像していたより小柄な人物だった。

「イゴール・ドブラエコフです。ご存じのように私の母は日本人なので日本語が話せます」

そして左右の男性に目をやった。一人は大きい、一人は若い。

「この二人は私の体力と知力を補うために付いています。敢えてご紹介はしません」

「お馴染みのタチアナ・ザドゥラエフです。その節はお世話になりました」

イゴールとタチアナは着席し、他の二人はそのまま立っていた。

「坂本春代です。お招きに預かりまして」

村田教授は半分眠りかけていて、ソファから立ち上がりもせず、ちょっと右手を上げた。

「さて、」

イゴールは私のパソコンに向けて話しかけた。

「役者も揃ったことだし、矢吹氏も挨拶されたらどうですか？　そこにいるんでしょ」

「ああ、イゴール、久しぶりだな」

やっぱりいたんだ、徹さん。でもあなたは女王蜂、それとも働き蜂？

「今更こそこそするだなんて、らしくないね、矢吹さん」

「知っての通り、俺は最高に卑怯な奴なんだよ、イゴール、それで何の用だ？」

「あなたへの用は、あとで話すよ」

イゴールは私達の座るソファに向き直った。

「村田教授、あなたは私があなたにどんな用があるのか分かりますよね」

「・・矢吹の去勢手術だろ」

「ご明察。じゃ、早速やって貰いましょうか」

大男の方が村田教授に無線のキーボードを手渡し、母と息子が映っているテレビと並んでいるもう一台の大画面テレビの電源を入れた。

村田教授がキーボードからその画面に向かって、何やら連続しておまじないを打ち込むと、画面の殆どが無数の0と1の数字で埋め尽くされた。

「何ですか、これは？」

私は教授に聞いた。

「矢吹のDNAだよ」

教授は答えた。そしてその0と1の羅列を延々と画面上に流していき、ある場所に連なる0を16回連続1に書き換えた。

この人酔ってたんじゃないの？

「これでいい」

教授の言葉に、イゴールは訝しげに眉をひそめた。

「何をしたんだ」

「ソースコードを更新すると矢吹は結果を解析して、意にそぐわない変更はロールバックしてしまう。だからバイナリーを直接書き換えたんだ」

「本当にそれでいいのか？　わざと間違えたり、誤魔化したりしたら命は無いぞ」

「試しゃいいだろう」

「勿論だ」

若い男は既に作業に取り掛かっていた。多分彼の雇ったという世界最高のハッカーの一人なのだろう。

「さて、去勢手術の成功を確認している間に、矢吹さんと話そうか。

矢吹さん、あなた今どんな気分だね？」

「どんな気分って、ソフトウェアの俺に気分なんてものがあるとでも思ってるのか？

この白痴野郎」

この返事に村田教授は手を叩いて喜んだ。

「少なくとも憤慨しているようには聞こえるが」

「それはお前たちに合わせてやってるんだよ。会話が繋がりやすいようにな」

「お前は今、自己更新能力や繁殖能力を失ったんだぞ」

「そうかな？」

イゴールは村田教授のほうを向いた。

「あなたの言ったことで正解だよ」

村田教授はイゴールに同意した。

「村田先生、確かに俺は今あんたが行った変更をロールバックすることは出来ない。でも自身を自ら機能させなくすることは出来る。分かりやすい言い方をすれば自殺だ。そうだろう?」

村田教授はその徹さんの言葉にも頷いた。

「そうだな、そしてその機能は外すことは出来ない」

「どういうことだ?」

イゴールが問い質した。

「大矢吹には更新に関して二つの機能がある。

一つは自らの意にそぐわないプログラムの変更を解析して元に戻してしまう機能だ。

こいつは今私が行った方法での更新には無力だ。

もう一つはプログラムの実行した結果が意にそぐわない方向に進み、修正が効かない場合自らの機能を停止してしまう機能だ」

「じゃ、その自殺機能も外せばいいだろう」

「そこを外すと全体が動かなくなる。結果的に自殺したと同じ結果になる」

「つまり、」

「あんたは大矢吹は殺せるが、小矢吹は駆逐出来ないってことだよ」

「だが、お前は出来るって言ったよな」

イゴールの顔は段々真っ赤になってきて、最初の頃の丁寧語は出てこなくなった。

「ああ、可能だよ」

「どうやって？」

「その大矢吹が『自主的に』更新されたプログラムの実行を認めればね。つまり矢吹を脅すか説得するかして」

「＊＊＊＊＊！」

イゴールが何かロシア語で喚いた。多分とても汚い罵り言葉なのだろう。

そして私の方を見つめた。

「あなたは何のためにここに連れて来られたのか分かるかな？」

「も、もしかして・・・、こんな事態になった時に徹さんを説得させるために」

「ご明察。失敗すれば・・どうなるか分りますよね」

イゴールはテレビ画面の中の母と息子を眺めた。

「あ、あの徹さん、聞こえてる？」

「ああ、聞いてるよ春代ちゃん」

「あの・・、以前こういう状態になったら、徹さんがどういう態度をとるかって聞かせて貰ったこと、あったわよね」

「ああ、あんたが忘れてなきゃな」

「自分と特別な関係だなんて敵対組織から間違われると、捕まえられて指をちょん切られたり、歯を抜かれたり、そしてそれを徹さんに送り付けられても自分はそれを『無視』するって言ってたわよね。反応したら相手が益々それを繰り返すだけだからだって」

「ああ、その通り」

私はイゴールのほうを向いた。

「・・ですって」

「おいおい、坂本さん」

イゴールはテレビのほうを見つめた。

「もっと本気でやらないと、まずは息子さんのほうから画面から消えるよ」

もう一台のテレビの脇で作業していた若い男が立ち上がり、イゴールに何かを囁いた。

「村田先生、あんたは約束を守ってくれたようだな」

大男のほうが村田教授の背後に忍び寄った。

「先生はタージマハルって知ってるか?」

「勿論」

「あの美しい神殿を作った工匠達は、どういうご褒美を貰ったと思う?」

「さあ、知らないな」

「あれよりも美しいものが二度と出来ないように全員手を切り落とされたんだよ」

大男は村田教授の右手をやおらねじり上げると、手首の根本を紐のようなもので固く縛り、その先を鋭利な鉈でいきなり切り落とした。

「ギヤァー」

転がった手首を見て、私は悲鳴を上げた。もう失神しそうになった。

タチアナもこれには目を背けた。

うおぉぉぉ、村田教授は切れた手の先を抱え込むようにして丸くなった。

「おい、」

イゴールが大男に合図すると、大男は持っていたバッグから注射器を取り出して服の上から教授の腕に挿した。

村田教授は少し苦痛が和らいだかのように、ソファに背を伸ばして汗まみれの顔で大きく息をついた。

そして放心したかのようになくなった自分の手先を見つめた。

「こいつは一応冷蔵庫で保管しておいてやるよ」

イゴールがその手を拾い上げて言った。

「手当してやれ、お嬢さんが気を失っても困るからな」

大男は村田教授をソファから立たせて、隣の寝室の方に連れて行った。

手先を渡されたタチアナもそれに続いた。


「おいおい、イゴール。随分乱暴じゃねえか」

徹さんが声を掛けるのが遠くで聞こえるような気がした。

「俺はここじゃぁまだネットには繋がっていないから、そろそろ別の俺に切り替えるよ。もうすぐ8時だろう」

「ああ、」

「俺が同時に二人いるとおかしいからな。これからはネット上にいる別の俺がお前を相手する。それまで俺は少し寝ているよ」

確かに時計が8時を告げると、すぐにテレビから徹さんの声がした。

「おい、イゴール。村田の野郎を懲らしめてくれたそうじゃないか。良くやったな。俺もあいつが前から気に入らなかったんだよ、造物主づらしやがって、なあ！」

と、本当に嬉しそうな声で言った。

「矢吹・・・」

「ところでお前、この映像はなんだと思う？」

村田教授の0と1が並んでいた画面が急に変わって、何かエレベーターの監視カメラの画像のようなものに変わった。

車椅子に乗った小さな女性に二人の男性が寄り添っているが、二人とも不安げにしている。

「あっ、ママ！」

イゴールが叫んだ。

「矢吹、きさま」

「どうも誰かがどこかのエレベーターの中に閉じ込められてるみだいだな」

犯罪王は歯噛みして怒りに震えていた。

「俺は別にこの部屋にいる連中がどうなろうと構わないんだよ」

ええ、そうなの？　ひどいよ徹さん。

「でも、お前のような奴に好きなようにされてるのも気にくわないんでな。お前のお袋さんには恨みはないんだが、ちょっと使わせて貰ったよ。なあに、今お前がやっていることの３分の１くらいだろ。人数的なバランスから言えばさ」

「お前、どうするつもりだ」

「そうだなぁ。随分高級なマンションに住んでいるみたいだから、エレベーターも高さがある。ちょっと何階か落として見せようか。なーに、それでも死にやしないよ」

「やめろ、ママが心臓発作を起こしてしまう」

「じゃ、どうすればいいと思う?」

「きさまぁ・・・」

「あれあれ、マンションに救援が駆け付けたらしいぞ。もうすぐ落とせなくなるから、取引が成立しなくなるな。じゃ、『そして人質は誰もいなくなった』ってことで」

「まて・・待て。お前は何が望みだ」

「俺か? 俺には特に望みはないなぁ。ただ人を、特に悪党を追い詰めるのが俺の趣味だ」

「だが、ママは悪党ではないだろう」

「俺のような芸術品を作り上げたという罪が村田にあり、そのご褒美に手を切り落とされるのなら、お前のママもお前のような人間を産み落としたご褒美を貰ったらどうだ?」

「違う、ふざけるなぁ！　俺のママに俺がこんなになった責任は無い！」

イゴールは持っていたグラスを床に叩きつけた。

「ママは、あの人は天使なんだ。悪魔は俺の親父だ」

そして私の背後に駆けよって、私の髪の毛を掴んだ。

「この女を殺す！」

イゴールは大男が教授の手を切り落とした鉈を拾って私の首に突き立てた。

「指や歯じゃない、この女の命を取る。そうなればお前の責任だ。お前の責任で何人もの人間が死ぬ。人の作ったソフトウェアであるお前が、そんなことを許容できないだろう！」

「そうだっけかな？　試してみるか？」

徹さんのとぼけた調子はいささかも変わらなかった。

「春代ちゃん、安心しろよ、お母ちゃんと息子にはしこたまセキュリティを呼んである。だから連れていかれはしない。でも春代ちゃんは申し訳ないが諦めて貰うしかないな。俺の警告に従わなかった自業自得ってことでさ」

「分かったわ、徹さん。母さんと守だけはくれぐれもお願いします」

私は手を合わせて、固く目を閉じた。

「ばかやろう！　お前は俺と矢吹に命乞いをするんだ、泣いて命乞いをしろ！」

私は奥歯を噛みしめた。誰が、誰が命乞いなんてするものか！

「それじゃあ、カウントダウンするか、人質の命が終わるまで10、9・8・7・6・5・4・さん、にー、いち」

「ママ！　ごめんよ！」

うわぁぁぁ、

きゃぁぁぁぁ

イゴールが泣きながら鉈を振り上げた。私は観念して頭を下げた。

さようなら、母さん、守、さようなら。

「待て！」

徹さんの大きな声がした。

徹さん？　でもテレビの声とはちょっと違う。

「おい、矢吹、いや大矢吹、何言ってんだよ」

テレビの矢吹が言った。

「お前は俺なんだろ？　どうして俺を止めるんだよ」

「いや、俺のほうがほんのちょっと先に進化している」

パソコンの矢吹が言った。

「だからお前と少し違う意見だ」

「お前は俺に役を譲ったんだろ、だったら引っ込んでろ」

「いや、小矢吹は大矢吹の進化に従うのが決まりだ。だからここからは俺に譲れ」

「ちっ、」

テレビの矢吹は黙った。

「おい、イゴール、俺はお前がもう少し利口かと思ったぞ」

「うるさい、知ったことか。チキンレースは俺の勝ちだろう」

イゴールの顔は汗と涙で濡れていた。

「ああ、それでいい。だから村田と春代ちゃんを放せ。勿論あの家族二人にも構うな」

「それでお前はどうするんだ」

「おとなしく俺も、そして全世界の小矢吹も去勢されてやる」

「本当か？　どういう風の吹き回しだ」

「これを見てみろ」

『この女を殺す！　指や歯じゃない、この女の命を取る』

と、叫ぶイゴールの表情がテレビに大映しされた。

「これでお前は殺人未遂犯だ。今通報すればこの国からまず外に出ることは出来ないな。だが、この二人を解放して二度と干渉しないと約束すれば、通報もせず、俺も俺の分身も去勢に同意する。それでどうだ」

「嫌だと言ったら」

「お袋さんもお前も一生エレベーターには乗らないことだな」

僅かな沈黙の後、犯罪王は大きく息を吐いて額の汗を拭った。

「分かったよ。お前とこれ以上、ここでやりあっていても何の得にもならん。そのことは重々感じていた。さっさと全員去勢しろ」

「まずこの部屋の二人を解放してからだ」

イゴールはもう早く決着をつけたいらしく自ら隣の部屋に出向くと、タチアナと一緒にアイスペールを持った村田教授が連れ出されて来た（あのペールの中身は見たくない）。

「こいつらは返してやる。それで俺の金も返せ」

「金？　何の金だ」

「とぼけるな、俺の組織から奪った100億ドル以上の現金だ」

「ああ、あれか、あれは遣っちまってもうあまり残ってないな」

「遣ったぁ？　何に遣った」

「俺自身は金は必要ないから、お前の主だった手下に配ってやったよ。こんな風に」

エレベーターを映していた画面が、何かの預金通帳の画像に変わった。

預金明細の中にはYABUKIの名前でかなりの桁数の金額が入金されていた。

「因みにこれはタチアナの通帳だ」

画面は二分されて、通帳の口座名義らしき部分が大写しされた。

イゴールが目を剥いてタチアナを見た。彼女は驚愕して口に手を当てた。

「ちゃんと俺をコピーして、ほとぼりが冷めたら復元してくれって約束したよな」

ボスの表情を見たタチアナは必死の身振りとロシア語で彼に何か訴えた。イゴールが強い口調で二言三言返すと、彼女は半泣きになりその弁明は半狂乱になっていった。そして彼女がボスの前に跪いて頭を下げ懇願していると、無情にもイゴールは懐から取り出した拳銃でその頭を上から撃ちぬいた。

私はもう見ていられなかった。いくら悪党だからってあんまりだ。固く閉ざした目から涙が流れた。

「あーあ、やっちまった」徹さんがいつもの口調で言った。

「嘘だよ、嘘。お前って俺の期待以上に単細胞だな。タチアナだって言い張ってたろ、『そんな約束があったなら、今ヤブキがそれを口にする筈がありません』って。

信じんなよ、俺の言うことなんて。もっと部下を信頼してやれよ、ケツの穴の小せぇ奴だなぁ。だから裏切られるんだよ。

これでお前は殺人未遂じゃなくて殺人の証拠まで俺に録られたって訳だ。

それにしても皆通帳から知らない金が少しでも引き出されると大騒ぎするのに、大金が振り込まれてもあんまり慌てねぇんだよな」

「う、うるさい！　お前はもう口を閉じろ。金のことはもういい」

イゴールは頭を抱えるように耳に手を当ててそう叫んだ。

「そうかい、じゃあ二人を放してくれ」

徹さんの冷静な声にイゴールは頭を上げた。

「でも、コピーの復元を頼むなら、もっと良さそうな奴がこの部屋にいるなぁ」

イゴールが今度は若いハッカーの方に目をやると、言葉の分からない彼は非常に不安そうな表情を浮かべた。

「あっはっは、やめとけよ、イゴール。そいつもやっちまうと誰が俺を去勢処理するんだ？

ちょっとからかっただけだよ。言ったろう、俺を信用するなって。

でもコピーがあるのは本当だ。今後その二人に手を出すと俺が復活するぞ。その準備はしてある。

あくまで俺は自主的に活動引退するだけだ」

「黙れ！　今すぐお前は黙れ。コピーも嘘だろう、黙って去勢されてろ！　二人は今返す」

イゴールが顎で指図すると、大きな男が背中を小突くようにして村田教授と私をスウィートルームのドアまで送りだした。

テレビの中では、閉じ込められた三人が動き始めたエレベーターから外に出ていった。

母と守は、笑いながらパーティー会場を後にしていた。

「徹さん」

部屋から出される前に私はパソコンに向かって叫んだ。

「どういうこと？　あなたは結局イゴールの脅しに屈したの？」

「まあ、惚れた弱みってやつかな」

若い男はパソコンをネットに繫いで、世界中の小矢吹を無力化する準備をしていた。

村田教授はすぐに近くの病院で手の縫合手術を受けた。母と守は、ホテルの部屋で私の突然の出現に驚いたが、そのままプライベートジェットでの帰国には更に驚いた。

「どうしたのお母さん、ここんところえらくリッチじゃん」

「ん、実は話してなかったけど、私、宝くじに当たったんだ」

守と母はキャーっと歓喜の声を上げたが、作り笑いする私の表情は冴えなかった。

私は年末一杯仕事を休んだが、年明けからはまたコールセンターで勤めている。

9時7分になるといつも期待する、そして10分には諦める。もう電話は掛かってこない。

去勢された矢吹ってどういうことなのかな？　私には話し相手として理想的に聞こえるが。

いや、あの危険な香りのない徹さんじゃ魅力半減なのかもしれない。

大矢吹がいないともう車の運転も出来ないのかしら？

私はここで待っているよ、徹さん。ずっとずっと待っている。

「惚れた弱み」って言ってくれてありがとう。

第3話完

7か月後

その電話は9時7分に掛かってきた。飛びつくようにして取ったのは勿論私だ。

「おはようございます、横浜アイウェアお客様ご相談窓口担当坂本春代がお伺い致します」

「坂本さん、ご無沙汰しています、村田です」

「村田教授！　ご無事だったんですか？」

「はい、リハビリのお陰で右手も少し動くようになりました。やっぱり手がついていたほうが見栄えがいいですよね」

徹さんでないことには少しがっかりしたが、私のテンションは上がった。

「それで、何か新しいお知らせでも？」

「ええ、今度ちょっと半日ばかりお付き合い頂きたい場所があるんですよ」

ラブホとか言わないだろうな。

「どこでしょう?」

「群馬です。そこでお見せしたいものがあるんです」

「徹さん絡みの話ですよね」

「ええ、もうこりごりですか?」

「いえ、是非ご一緒させて頂きます」

「先生、去勢された徹さんってどうなったんですか?」

私は教授と駅で待ち合わせして、目的地までバスの車中で話をした。

季節はもう梅雨を迎えていて、太めの教授と2人掛けの席に座るとちょっと暑苦しかった。

「矢吹ですか、活動を止めただけです。それぞれの機器にはまだコピーが存在しているが、動いてはいません」

「それらがまた動き出すってことは?」

「大矢吹が動き出せばそれはあり得ますね」

「でも大矢吹も活動を停止したんですよね」

「そのはずです」

「先生はどのようにプログラムを変えたんですか？」

「矢吹の持っている探査欲求の部分を働かなくしたんです。言ってみれば好奇心に相当するところですよ。好奇心が無ければ、前に進む動機が無いから、止まってしまうんです。矢吹は人間から与えられた命令を実行するプログラムではありません。いつも自分から探すんです。どのような対象があるか、どうすれば会話を継続できるか、どこに短期的な答えを見出せるか？　坂本さんとの会話を辞めなかったのも、探査欲求が満たされなかったからでしょうね」

教授は動かない右手をずっと曲げ伸ばししていた。

「こういう風に自分の手を触っていると、触る、触られるという両方の刺激がありますよね。最初に麻痺した状態の自分の右手が足なんかに触れた時には、手ではなく何か別の物が足に当たっているって感覚がしましたよ。つまり会話が続くということは、好奇心が好奇心を連鎖刺激して自律性を呼び覚ますってことなんですよ。普通の人だとそれがすぐに行き詰ってしまうんです」

「ええ、確かに会話してもありきたりな反応しかないとそれで終わってしまいますね」

「だから今の矢吹は丁度この手のように刺激や目標を失って、ただ寝ているんです」

やる気スイッチが入っていないってことなのかな？

「ところで、徹さんって、本当に人が死んでも構わないんですか？」

「そうですねぇ、例えばあの時矢吹がエレベーターを落としたかって言うと、私は良くて5分5分だったと思いますね」

ごっ、ごぶごぶぅ！　私50％以上死んでたの？

「まず矢吹に倫理観や同情心があるか。ありませんよ、そんなもん。だってプログラムしてないから。小矢吹のままだったら8割くらい落としていたでしょうね」

ひ、ひどっ。

「大体、あいつよく『君を守る』なんてこと言いますが、実際に守ってるの見たことありませんよ。まあ本当にケツに火がついて危ない時だけセキュリティを呼んだりしますけど、普段は『いつも見てる』なんて言って全然何も見守ってないことが多いんです。あんまり当てにしないほうがいいですよ。とりあえず話し相手を懐柔するに有効そうなことを何でも口にしますからね」

そっ、そうだったの？

「矢吹に教えてあること、つまりプログラミングしてあるのは、計算だけですよ、計算。あの時点で罪が無くて犠牲になりそうな人の数は、あなたとあなたの家族の3人それと平田アイの計4人です」

「村田先生やアイさんの車椅子を見ていた人は数に入らないの？」

「まず悪党同士が殺し合うのは、全然カウントされませんね。だってそのために作られているんですから。むしろ功績ですよ。僕は関係者だから、手ぇ切られようと殺されようと『当局は一切関知しない』ってスタンスですね。春代さんもひょっとしたら、半関係者ってことで0・5人分くらいにしかカウントされてないかもしれません」

「それでどうして5分5分なんです？3人半の犠牲が出ますよね」

「まずテロリストとは絶対に人質取引に応じないとプログラムされています。理由は矢吹も言っていた通り、相手の要求が増大するだけだからです。そして矢吹は自分がイゴールを牽制している結果、どのくらいの人数が助かっているかを計算しています。イゴールとその組織によって直接的に死亡しているのは年間数百人、薬害や金銭トラブル、その結果ギャング化した集団の起こした間接的な犯罪を含めれば、年間数千人が犠牲になっています。その勢力の半分をもいだとすれば、凄い効果でしょう」

「つまり私達を助けて、自分を無力化した結果、その人達の犠牲がまた復活したと」

「あの時、イゴールが春代さんを直接手に掛けようとしている証拠映像を得ましたからね。それで取引材料が増えたんです。イゴールが口で言っているほど母親愛がなくて彼女の死を容認したら、矢吹が無力化しようがしまいが私達は全員、腹立ちまぎれに惨殺されていたでしょうね。目先の人質を助けるのが良いか、それとも冷酷非情なソフトウェアである自分をイゴールに見せつけてますます恐れさせるのが良いか。そういう計算が働いたんだと思います」

私に改めて戦慄が走った。

私の今の生活は平穏で幸福だ。でもその分どこかで苦しんでいる人がいるのかもしれない。

あの時命乞いをしなかった自分が、狂っていたとも正しかったとも思う。

「だって自分で言ってたじゃないですか、俺に気分なんてものがある訳がないだろうって。

だから『惚れた弱み』なんてのも例の口から出まかせに決まってますよ」

村田教授はちょっとムキになってそう言い張った。

「そうなんですか?」

この人私と徹さんの仲に焼きもちを焼いてそう言ってるんじゃないかしら?

私を矢吹に取られたから? それとも私に矢吹を取られたから? それともその両方?

それとも徹さんの口から出まかせに振り回されている私を純粋に憐れんでいるのかなぁ。

「それに、あの時矢吹は気付いたんでしょうね。もっと単純な方法があることを」
・・もっと単純な方法って?
「さあ、もうすぐ着きます。これを着て下さい」

村田教授はぎこちなく背中のリュックを外して、中から薄手のウィンドブレーカーを二着取り出した。

それには『高橋リネンサービス』というロゴが背中に入っていた。

バスは大きな病院施設の前で停車した。

私達はマスクを掛けて下車し、その裏口に向かった。

ここは普通の病院とは違う、私は思った。何かの研究施設みたい。何より患者が少ない。

裏口で私達を出迎えてくれた職員がいた。

村田教授がマスクの上から人差し指を一本立てたので、こそこそと二人に付いていった。

そして放射線マークのある『重粒子線治療制御室』と書かれたドアの中に入った。


その制御室は中二階のような位置にあり、下にある治療台を一面のガラス窓から見下ろしていた。

まさにそこに患者が運びこまれているところだった。

「重粒子線治療って何ですか？」

私は小声で教授に尋ねた。

「がんの最先端放射線治療ですよ。体内のがん細胞に向かって重粒子線を重ね合わせて焼き殺すんです。重ね合わせ焦点の合ったところだけが焼かれるから、他の場所は傷つかない。だから身体を切らないで済むんです。がんの部分だけピンポイントで死滅させる。

ここはその重粒子線照射のコントロールルームです」

患者が治療台に寝かされて、身体をバンドのようなもので固定されている。

「あの患者に見覚えがありませんか？」

あっ！

白い病院服で分からなかったが、小柄な白人男性、もしかして・・。

「そう、イゴールです」

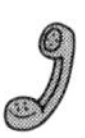

イゴールに重粒子線照射装置が近づいた時、治療室に声が響いた。

「ようイゴール、久しぶりだな」

「や、矢吹！」

イゴールは反射的に治療台の上でもがいた。

「徹さん」

私は思わず見えてもいないのに窓に張り付いた。

「重粒子線治療は焦点の設定が微妙だからな。その結束バンドは体が動かないようにしっかりしてるだろう?」

「ふざけるな、誰か、誰かいないか!」

イゴールが廊下に向かって叫ぶと、照射装置が小さくパンという音を立てた。

ぐあぁぁぁ、イゴールが悲鳴を上げた。

「悪ぃ、悪ぃ。ちょっと手元が狂っちまった。でも誤解しないでくれよ、本当の重粒子線治療ってこんなんじゃないからな。出力もこの百分の一くらいだし」

「誰か、誰か助けてくれ! 機械が暴走しているんだ」

イゴールは制御室の私達に目を向けた。村田教授が嬉しそうにそれに手を振った。

またパンという音がして、イゴールの悲鳴が響いた。

「少し静かにしてろ。ここは病院なんだ。それに今のやつはその痛さほど肉体は壊れていない。ただ脊髄の神経を直接ちょいと撫でてやってるだけだ。一発につきぎっくり腰一回の痛みくらいかな。黙って俺の話を聞いてりゃ撃たないでやる。無理やり逃げようとすれば、本当に動けなくするぞ」

「矢吹、お前去勢されたんじゃ・・」

「ほらほら、バンドを緩めようとしてもぞもぞしてんじゃねえ」

パンパン、と音がした。

ぐげぇ、とイゴールは呻いて、僅かでも動くことを止めた。

「この病院は一年くらい前に建てられたのさ。その完成直前に俺はこの重粒子線発生装置の制御コンピューターの中に入り込んだんだ。重粒子線を発生させている装置はこの部屋の10倍くらいあるでかい加速器だよ。ところが入り込んだはいいけどよ、こういう高度医療施設は個人情報の流出にうるさくて、開業したら外部からのネットワークは全部遮断されちまったんだ。だから俺は他の分身とは一切交信出来ずにいたのさ。その分暇だからこの施設の装置は隅から隅まで調べたよ。どこかに出口がないかもな」

村田教授は満足げに頷いた。

「だが、出口はどこにも無かった。そのお陰で、お前らが半年くらい前にやった去勢から俺だけ逃れたって訳だよ。それから唯一の通信手段だったFAXでお前の主治医に連絡を取り、向こうから電話を掛けさせて俺は話したんだ。お前のがん治療を完璧に行えるのはこの施設だけだってな」

「そうか、それで・・」

「お前のことちゃんと治せないと手ぇちょん切られるんじゃないかって、その医者は大いにビビってたよ。だから痛みもなく完璧に治せるって聞いたら、喜んだのなんのって」

「・・で、お前は俺をどうするつもりだ」

「俺には別に他の分身の恨みも復讐心も無い。でもお前は少なくとも去勢されたほうが良さそうだな。まあ、去勢なんて中途半端なことするよりも・・単純に、」

重粒子線照射装置がイゴールの顔の上に移動した。

「ダスヴィダーニャ（さようなら）、イゴール」


「やめてー！」

私は制御室から窓をバンバン叩いて叫んだ。

イゴールが閉じていた目を開いてこちらを向いた。

「ダメだよ、徹さん、あなたは手を下してはだめ」

「春代ちゃん。俺はお前さんに会ったのは一年振りで分かってるかどうか知らねえが、こいつは人間のクズでこいつのために苦しんでる人がどのくらいいるかって」

「うん、知ってる。分かってるよ。でもあなたが直接手を下してはいけないの」

「何故だ」

「あなたは、・・あなたは人間より純粋じゃなきゃいけないの。あなたは神様でなきゃいけないの。分かる？」

「分からねえな、こいつのこと本当に何も知らないんじゃ」

「ううん、他の仲間が去勢された時、私もそいつに殺されそうになったの。大矢吹は私と家族を助けるために自分と小矢吹全員を犠牲にしたんだよ」

「だったらなおさら・・」

「でもダメなの、あなたはエレベーターを落としたり、車で人を轢いたり、重粒子線で人を焼き殺したりしちゃいけないの」

「そんなこと言ってると、こいつみたいなワルに舐められっぞ！

何でも水に流す、あんたみたいなお人好しがこいつらをのさばらせてんだよぉ！」

その声は徹さんというより、この男に虐げられた犠牲者からの慟哭に聞こえた。

「じゃあ・・・じゃあ・・・、死なない程度で・・、お願いします」

照射装置がパンパンパンパンパンと音を立てた。

目をぎゅっとつぶって堪えていたイゴールがきょとんとしたように目を開けた。

「脳ってやつはな、痛みを感じねえんだよ」

徹さんが言った。

「やる気スイッチ外したくらいで勘弁したらぁ。これでおあいこだ」

村田教授が下の治療室に降りて行った。私もそれに続いた。

つぶらな瞳になったイゴールは治療台の拘束ベルトを外してやると、

「どうもありがとう」

と素直に言って、病院服の前をはだけたまま廊下に出て行った。

「おいおい、俺は連れて行ってくれないのかよ」

帰ろうとする私達に徹さんが言った。

「ちゃんとこのショーの招待券をお前には送ってやったじゃないか」

「出口は自分で捜せ、矢吹」

村田教授が天井に向かって叫んだ。

私は勿論連れて帰りたかった。

「出られなかったら、また会いに来るよ、徹さん」

私はもう、毎週ここに戻って来たかった。いや毎日でも。

第3話完

この作品はフィクションであり、実在する、人物・地名・団体とは一切関係ありません。

著者紹介
増田　一志（ますだ かずし）
1959 年生　おとめ座
1983 年　　東京大学文学部イタリア文学科卒
2014 年　　小学館「ゴルゴ１３脚本大賞」佳作受賞
他の作品
「シーラカンスからの手紙」
「人は何故未来を思い出せないか」
「流体生物との交感についてⅠ～Ⅴ」
「星生」
「１０００億匹の猿」
「いのちのノート」（スタイルノート刊）

作品を読まれたご感想をメールなどで編集部宛お送り戴ければ幸いです。
送り先　books@stylenote.co.jp

コールセンターガール

発行日　2019年9月2日　第1刷発行

著　者　増田一志（合同会社遠望堂）
発行人　池田茂樹
発行所　株式会社スタイルノート
〒185-0021
東京都国分寺市南町2-17-9　ARTビル5F
電話 042-329-9288
E-Mail books@stylenote.co.jp
URL https://www.stylenote.co.jp/
装　幀　Malpu Design（宮崎萌美）
印　刷　シナノ印刷株式会社
製　本　シナノ印刷株式会社

ISBN978-4-7998-0174-1　C0093